U0087592

# 和　樹君的 Tea Time 約會

斜照的陽光，和風輕拂的午後，

讓樹君耐人尋味的文字，清新迷人的幽默想像，

陪妳度過美好的Tea Time時光！

# 想戀愛的女人請舉手

◎彭樹君

## Chapter 3 相愛時的心跳聲和眼淚

## Chapter 4 愛情魔力眼藥水

## Chapter 5 相愛的時候到了

【她序】

# 她從對面走來

胡晴舫

我可以看見。她從對面走來的姿態。雖然這陣子，我已經許多日子沒能見著她了。但是，樹君不是一個讓你能夠輕易忘記的女人。是的，眞高興能用『女人』去形容一個女性，在台灣，通常只有『女孩』跟『歐巴桑』兩種女性類型：三十歲以前，盡量扮清純、裝嫩；過了四十歲，就一夜之間自動失去了性別。台灣女性老以爲性魅力就是風塵味，因爲害怕，於是總是過早地放棄了發展性魅力的機會。就算有一點關於性魅力的意識，也要是無邪的、不具攻擊性的。若是直接要談談情慾，那就得提高到學術層次，玩玩時髦的字眼，在智性上搞得十分隆重，才肯承認自己偶爾也願意發發電波。樹君沒意識到這些奇怪的遊戲規則。她只是會穿著摻了金色線絲的黑色毛衣，和一條合身的毛裙，提著小布包，踩著高跟鞋，悠悠搖著腰肢從南京東路的騎樓下晃過來。那天冬日太陽特別溫暖，台北忽然像個秀麗的南亞城市，風情萬種。

我可以看見，她從對面走來的姿態。即使，我已經能夠滿足虛榮地說，我算是她的一個朋友了。我還是常常會在腦海裡保持一個陌生人的距離，來看樹君這個女人。她的人，跟她的文字，並不很能對上的。這麼說吧，身爲異性戀，若我是個男人，我肯定會愛上她；若我不認識這名作家，只是讀她的文字，我肯定會喜歡她。而我是個女人，我非常高興做她的朋友。這些需求，通常不應該會同時獲得滿足的。因爲，你要從一名作家身上得到的不會是你想要從情人處獲取的，你欲從女性朋友那裡得到的也不大可能是你能夠從一名女性作家身上取得的。可能，這些都是無聊的社會偏見，像是自我意識極強的女知識份子就不可能是溫柔的情人，能幹的報社文學編輯就不容易寫出偉大的作品等等。樹君似乎沒意識到這些似有若無的遊戲規則。她只是寫著她腦海裡的故事，速度穩健地出版書籍；聽男人高談闊論關於宇宙超級能量的觀點；搞定一些所謂難纏的作家，讓他們寫出好看的文學而不是擺弄姿態的文字。她只是做著。日復一日。好像不須革命，也不用呼口號。她就已經是這麼活著。

我可以看見她，慢慢從對面走來的姿態。如果在街上看見樹君這樣的女人，你會以爲她沒有故事。她必定是一個受過高等教育、一生無波無浪的女人，開著她的外國進口手排車子，住在她的郊區別墅裡，她房子的窗口擺著花盆，玄關地板擱塊踏墊，她的寵物衛生習慣良好，毛髮梳得規規矩矩。她的衣櫥打開，全是上好質料的流行服飾，還分顏色擺放整齊。你想，天啊，她浴室掛著的一定是那種又厚又軟的長毛毛巾呢。如果，個性稍微惡毒一點，你還會偷偷設想，這個女人眞需要發生一點什麼事情，好讓她的生活來個一百八十度的轉變，來個狠狠的震撼教育。她需要重新活過，你這麼下判斷。而，你錯了。可怕地錯了。樹君最精采的故事是她自己的故事。那個從未眞正被寫下的故事。那個在她臉上看不出任何痕跡的故事，卻豐富了她整個人，讓她現在能夠心平氣和地坐在每一個女人面前，聽她們的故事，寫她們的故事。她的理解是眞正的理解。包含了知識與生活經驗的理解。不是那種蒼白、自以爲是的純粹大腦式理解。在她的想法裡，沒有遊戲規則這件事情。她是一名在生活中眞槍實彈上陣的作家。

我看見，她從對面走過來。她的姿態眞是曼妙。那天下午，我與她頭一次見面。她已經是一個有名的作家與重量級的文學主編，而我只是個沒沒無聞的寫作者。我從來沒有想過她的眼睛如此烏亮，我也沒有想過她會成爲我寫作上最重要的支持者之一。她是世上少數堅定相信我能夠寫東西的人。我當時只是坐在約定見面的咖啡館裡，如一般不擅等待的人那樣東張西望，瞥見了一個女人的身影，就緊緊追看著她從南京東路與伊通街口拐過來。我看著她走路的方式，絲毫不曾意識到這是我將會見面的人。我記得，我在想，這個女人走路眞是迷人。

於是，我繼續看著她從對面慢悠悠地走過來。我的心情有點輕佻，有點浮躁，有點懶散，有首異國民謠曲調不知從何處溜進我的腦子：『如果你在路上看見一枝紅玫瑰，請你別摘她，因爲那是我的她，我最心愛的她……她多情又多刺，勾人魂魄又傷人心靈，如果你看見她，我的紅玫瑰，請你告訴她，我會永遠愛著她。』

在活潑熱鬧的旋律中，她輕輕推開門，向著我走來。

Chapter 1

# 好樣的愛情

# MR. RIGHT在哪裡？

感性強烈的女子們總是很難在一樁婚姻裡安身立命。

一個年輕女孩很困惑地問我：『到底要怎麼樣才能確定他就是我要嫁的那個人呢？我交過幾個男朋友，愛的時候也很愛呀，可是卻沒有一個會讓我產生那種「啊，就是他了」的感覺。』她還說，她實在無法想像未來可能和某個男人相守一輩子，『這世界上眞的有我的MR. RIGHT嗎？』

是啊，『米斯特來特先生』眞的存在嗎？這大概是所有女人們共同的疑問了。

另一個初爲人婦的女人也悄悄地告訴我：『我都已經結婚半年

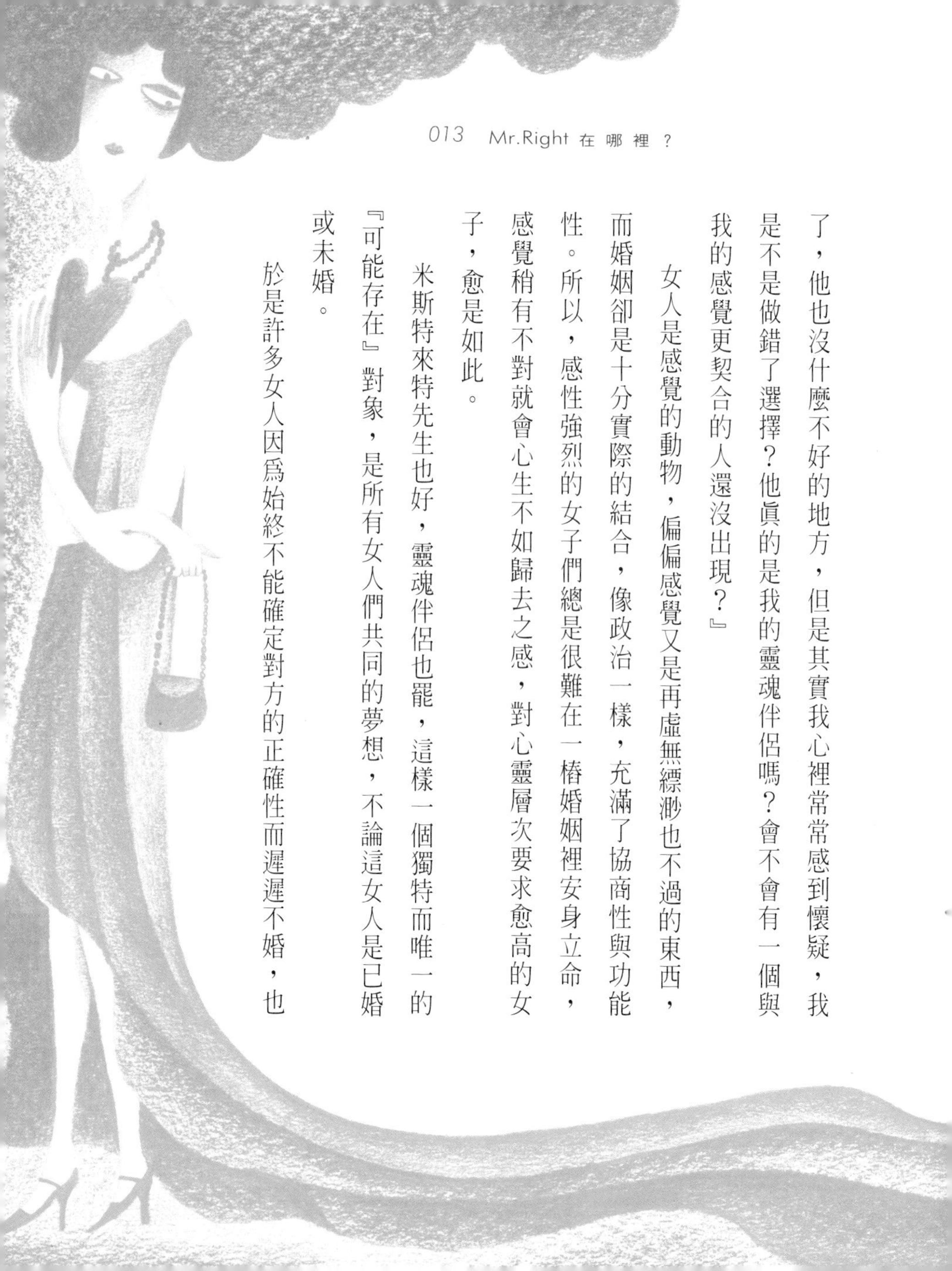

了，他也沒什麼不好的地方，但是其實我心裡常常感到懷疑，我是不是做錯了選擇？他眞的是我的靈魂伴侶嗎？會不會有一個與我的感覺更契合的人還沒出現？』

女人是感覺的動物，偏偏感覺又是再虛無縹渺也不過的東西，而婚姻卻是十分實際的結合，像政治一樣，充滿了協商性與功能性。所以，感性強烈的女子們總是很難在一樁婚姻裡安身立命，感覺稍有不對就會心生不如歸去之感，對心靈層次要求愈高的女子，愈是如此。

米斯特來特先生也好，靈魂伴侶也罷，這樣一個獨特而唯一的『可能存在』對象，是所有女人們共同的夢想，不論這女人是已婚或未婚。

於是許多女人因爲始終不能確定對方的正確性而遲遲不婚，也有許多女人雖然結了婚，卻還是暗暗期待著『可能存在』的靈魂伴侶的出現。

我的一個女性朋友就說出了她的眞心話：『我的婚姻是一樁實驗，如果他是那個對的人的話，那麼這樁實驗就宣告成功；如果不是，那就再進行下一樁實驗囉。總之，試試看吧。』

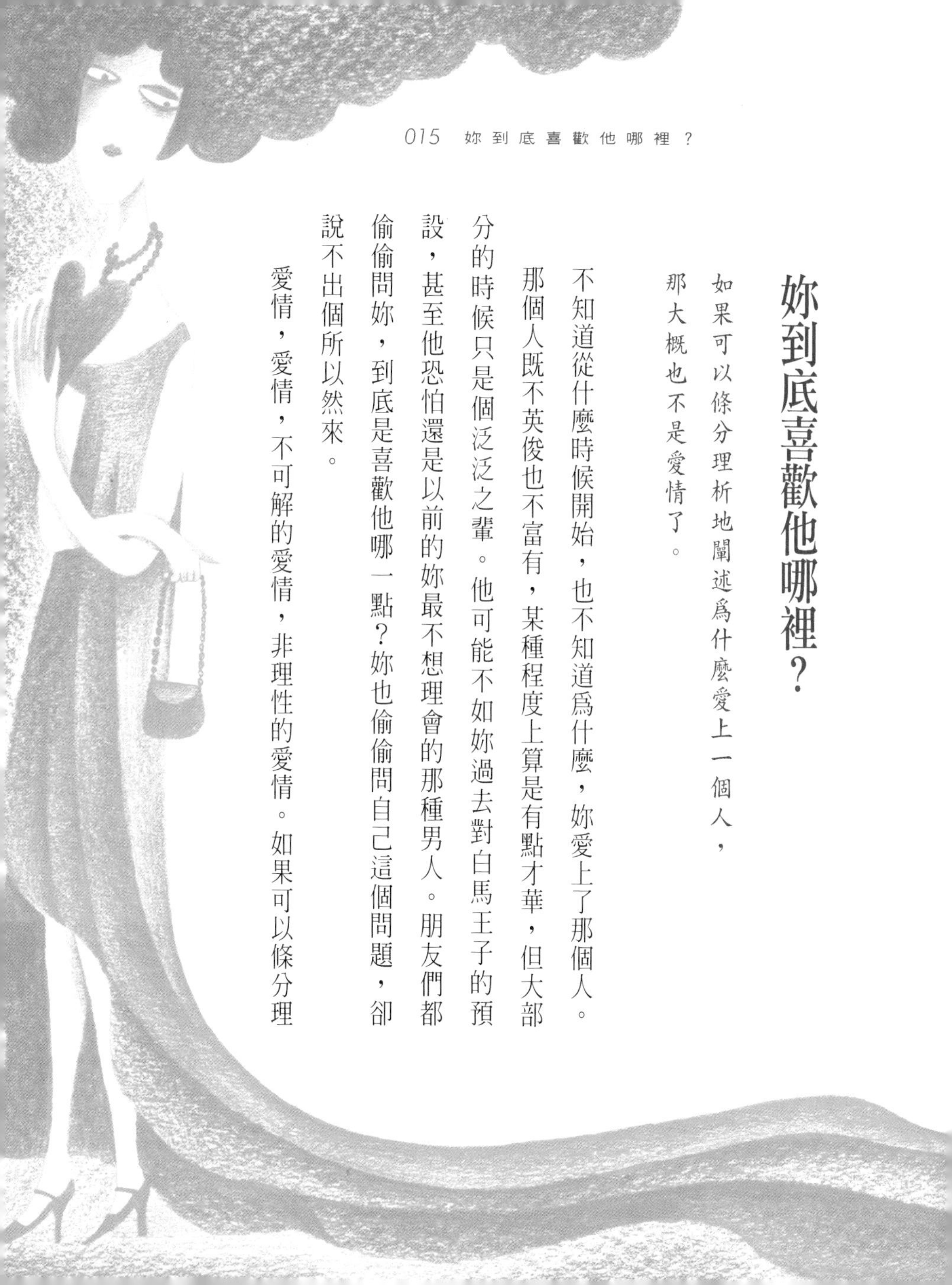

# 妳到底喜歡他哪裡？

如果可以條分理析地闡述爲什麼愛上一個人，
那大概也不是愛情了。

不知道從什麼時候開始，也不知道爲什麼，妳愛上了那個人。那個人既不英俊也不富有，某種程度上算是有點才華，但大部分的時候只是個泛泛之輩。他可能不如妳過去對白馬王子的預設，甚至他恐怕還是以前的妳最不想理會的那種男人。朋友們都偷偷問妳，到底是喜歡他哪一點？妳也偷偷問自己這個問題，卻說不出個所以然來。

愛情，愛情，不可解的愛情，非理性的愛情。如果可以條分理析地闡述爲什麼愛上一個人，那大概也不是愛情了。

我的朋友溫蒂就認爲，愛情是一種靈魂的吸引，類似於前世宿命，『上輩子沒完成的功課，這輩子就得繼續做下去囉。』

當年溫蒂捨棄了眾多的追求者而獨鍾E男，確實是個大意外，因爲那位E先生橫看豎看都平淡無奇，甚至還有點未老先衰，與明媚動人的溫蒂站在一起，實在不是個和諧的畫面。除了長相之外，E先生一切的社會條件也都很平凡，可是溫蒂就是愛他愛得不得了。

『別的男人可能會讓我哭，只有他會令我笑。』她說。

噢，是他的幽默令她發笑嗎？不，溫蒂說，他一點也不幽默。

『是我一看見他，心裡就忍不住要泛起笑意。』

男女之間的情愫發生就是這麼奇妙的事，讓一個女人燃起熊熊

愛火的男人，在其他女人眼中可能是個過眼即忘的男人。就算是布萊德彼特，也不會令所有的女人都喜愛。

反過來說，即使是那個妳一和他講話就忍不住因爲太無聊而只想打瞌睡的傢伙，也會有別的女人芳心暗許的。

別問爲什麼，關於愛情這件事，除了上帝，誰也不會知道答案。

# 她的徵婚啟事

經過了近百年的革命，
現代女性究竟學會了什麼？

有個女人表示，她年過三十，正是適婚年齡，目前雖然沒有論及婚嫁的對象，但她對理想中的婚姻已經規劃好了一張合約。

來來來，我們來看看她的婚姻設計圖——

她說，因為誰知道老公以後會不會變心，所以結婚之前，要娶她的那個男人必須先匯至少六百萬到她的戶頭，像保險金那樣，做為她應該擁有的保障。

她說，因為她不想當了媽媽之後就失去自己原有的生活，所以婚後要她生孩子是可以的，但帶孩子就免了，她頂多只能在假日時和孩子相處。

她說，因爲她不能結了婚就變得不自主不自由，所以她賺來的錢全都還是她的，家裡一切開銷由老公支付，但是房子和車子必須登記在她的名下。

她說，因爲她不會侍奉老人，而且爲了避免婆媳問題，所以她不能和公婆同住。

她說，因爲她不喜歡做家事，而且婚姻不該讓女人淪爲奴婢，所以要娶她的男人必須先請一兩個傭人。

她說……

以上是一條網路消息，某個女人的徵婚啓事。

這則啓事不禁令我深思，自從丟棄了裹腳布和束腰馬甲之後，經過了近百年的革命，現代女性究竟學會了什麼？

一方面要追求獨立自主，另一方面卻又要男人給予金錢保障？

一方面不願意負起養兒育女的責任，另一方面卻又要依循傳統的天職生孩子？

一方面不想放棄單身女郎自由自在的生活，另一方面卻又覺得年齡到了就該結婚了？

多麼矛盾啊。

當然以上的徵婚啓事是個離譜的範例，除了許多女人共有的矛盾，還有專屬她一人匪夷所思的自私。大多數的女人會在矛盾的兩邊選擇其一，結婚或不結婚，生孩子或不生孩子，這個女人卻是兩邊的好處都想要，責任卻都不想擔，而且還表明得那麼理直氣壯。

怎麼可能如她所願呢？這甚至不能算是一樁婚姻交易，因爲她只想獲得存款、房子、車子、供養她的男人和不煩她的小孩，卻不想付出任何努力和代價去換取。

不過話又說回來了，人人都有夢想的權利，而且說不定人家還眞的能配對成功呢，因爲這本來就是一個無奇不有的世界呀。

# 男人女人偶爾一個人

『我喜歡那種並不隸屬於誰，
也沒有任何身分的清靜與輕鬆。』

我認識一個女人，她每天下班後，總會在回家之前先去咖啡館裡喝杯咖啡。但是她並不特別喜歡喝咖啡，她圖的是那份一個人喝咖啡的寧靜。

這個女人是我的朋友芳芳，芳芳有個堪稱滿意的工作，也有個堪稱幸福的家庭，但是只有工作與家庭是不夠的，在同事和家人之外，芳芳還需要擁有與自己獨處的時間與空間。『事實上，支撐我去面對我的工作和家庭的，就是每一天這一小段的咖啡時間。』

在這段時間裡，芳芳把自己清空，不是某某公司的員工，也不是某某人的妻子，只是一個單純的她自己。『我喜歡那種並不隸屬於誰，也沒有任何身分的清靜與輕鬆，那讓我覺得彷彿回到了可以作夢的少女時代。』

日常生活像是一條麻繩，綑綁著一堆義務與責任，只要與人相處，就不免有太多必須思考或必須處理的事情，而這個時代的女人所負載的壓力又特別沉重；所以，從心理衛生的角度來看，每個女人每一天都應該有一段這樣的咖啡時間，而且，還得像芳芳一樣，在這段時間裡狠下心腸，把所有的壓力統統拋到腦後，才能達到清除負面情緒的效果。

『你先生對於妳的咖啡時間說過什麼不中聽的話嗎？』我問。

『從來沒說什麼，就像我也從來不曾反對他一個人到酒館去射飛鏢一樣。』芳芳說，『因為這份默契，所以回到家之後，我和他看見的才會是快樂的配偶，我們的日子才會好過。』

這麼說起來，這個咖啡館與酒館特別多的城市，應該是滿適合夫妻居住的。

# 他的癡情行不行？

爲什麼女人會希望有個男人爲了自己而失魂落魄呢？是不是女人對愛情的想像多少帶著一些虐待的成分？

我喜歡張信哲的歌，我的朋友小瑜也喜歡。因爲，那些深情的歌詞，眞是令人動容啊。

『……怎麼忍心怪妳犯了錯？是我給妳自由過了火。讓妳更寂寞，才會陷入感情漩渦。怎麼忍心讓妳受折磨？是我給妳自由過了火。如果妳想飛，傷痛我揹。』

每次聽到這首歌，小瑜都會嘆著氣說：『多好的男人呀！她都已經變心要離開他了耶，他竟然還能強忍著悲痛說：不怪妳，這一切都是我的錯，親愛的，別管我，妳想飛就飛吧。喔，這個男人該得到一枚獎章。』

我喜歡『烈愛風雲』那部電影，小瑜也喜歡。因爲，我們都很欣賞那個帥帥的伊森霍克對葛妮絲派特蘿的癡情。

每次提到那部電影，小瑜都會幽幽地說：『如果也有一個男人那樣愛我就好了。眞希望我是那個男人夢裡永遠的藍玫瑰，多刺，難摘，或者根本不存在。』

是啊是啊，哪個女人不想遇見一個對自己如癡如狂的男人啊。若是可以用一個眼神就控制了那個男人全部的意志和靈魂，眞是至高無上的成就呀，這種女人也該得到一枚獎章。

爲什麼女人會希望有個男人爲了自己而失魂落魄呢？是不是女人對愛情的想像多少帶著一些虐待的成分？

不過，一切終歸想像而已。當想像成爲眞實的時候，或許完全不是那麼一回事了。

前兩天，我正在小瑜家聊天。電話響了，那頭不知說了什麼，只見小瑜一臉漠然地聽了半天，然後很不耐煩地說：『那你去跳吧，祝你一路順風！』她喀地一聲用力掛上電話。

怎麼啦？我問。小瑜翻著白眼說：『有個無聊的傢伙打手機給我，說他正站在這棟大樓的頂樓，要我上去見他；如果過十分鐘沒看見我，他就要跳樓。』她並且抱怨，這個男人對她糾纏多年，一直陰魂不散，討厭透了。

我驚訝地說，咦？這不就是妳最想要的那種癡情男人嗎？怎麼妳一點也不高興呢？

『天啊，』小瑜又翻了一個白眼，『重點是，如果我不喜歡他，他的行爲就不叫做「癡情」，而是「騷擾」，對不對？』

# 愛情不是慈善事業

在不該心軟的時候心軟，
往往是爲以後的殘酷做準備。

有一個女人心腸很軟，軟到男人追求她，她都不忍心拒絕。那個追求她的男人，我們暫且稱他爲A男。總之，只因爲A男表現得最積極，她就和他在一起了。A男每天至少打十通電話給她，早上還會買好早餐送到她的辦公室給她，『我想他眞的很喜歡我吧，所以他就變成我男朋友了。』

『那麼，妳喜歡他嗎？』我問。

她遲疑了一下，搖搖頭說：『我對他沒感覺耶。』

『既然沒感覺，爲什麼還要當他的女朋友呢？』我又問。

她『唉』了一聲，幽幽地說：『若是拒絕他，不是很傷害他嗎？』

這眞是個奇怪的理由。『只因爲不願傷害對方就接受對方，那麼如果同時有十個人追求妳，妳是不是就得同時和這十個人交往呢？』我再問。

她逃避地說：『這種事情不會發生的嘛。』

十個人同時追求她的事情確實沒發生，但另一種狀況卻發生了——她過去的男友又回頭來找她了。那個男人，嗯，我們暫且稱他爲B男。總之，她其實一直對B男念念不忘，就算當初是B男移情別戀，她也依然對他一往情深。

好，現在她不得不做選擇了，而她其實不需要太多徘徊，就完全一面倒地走向了她原本就朝思暮想的舊日情人B男。

那A男怎麼辦呢?好歹她也當了他一年多的女朋友，雙方甚至還論及過婚嫁，如今她要宣判他的死刑，也總要給他一個槍決的理由吧。

於是她這才坦白地告訴A男，說她從來沒有愛過他；她甚至不喜歡他每天早上送到她辦公室的那些水煎包和米漿，都是工讀生小妹吃掉了。

砰！我們不難想像，可憐的A男聽到這些話後，會有什麼反應。

這個心軟的女人當初接受A男，是因爲不願傷害他的感情，然而現在，她不但傷害了他的感情，還毀損了他的尊嚴。在不該心軟的時候心軟，往往是爲以後的殘酷做準備。

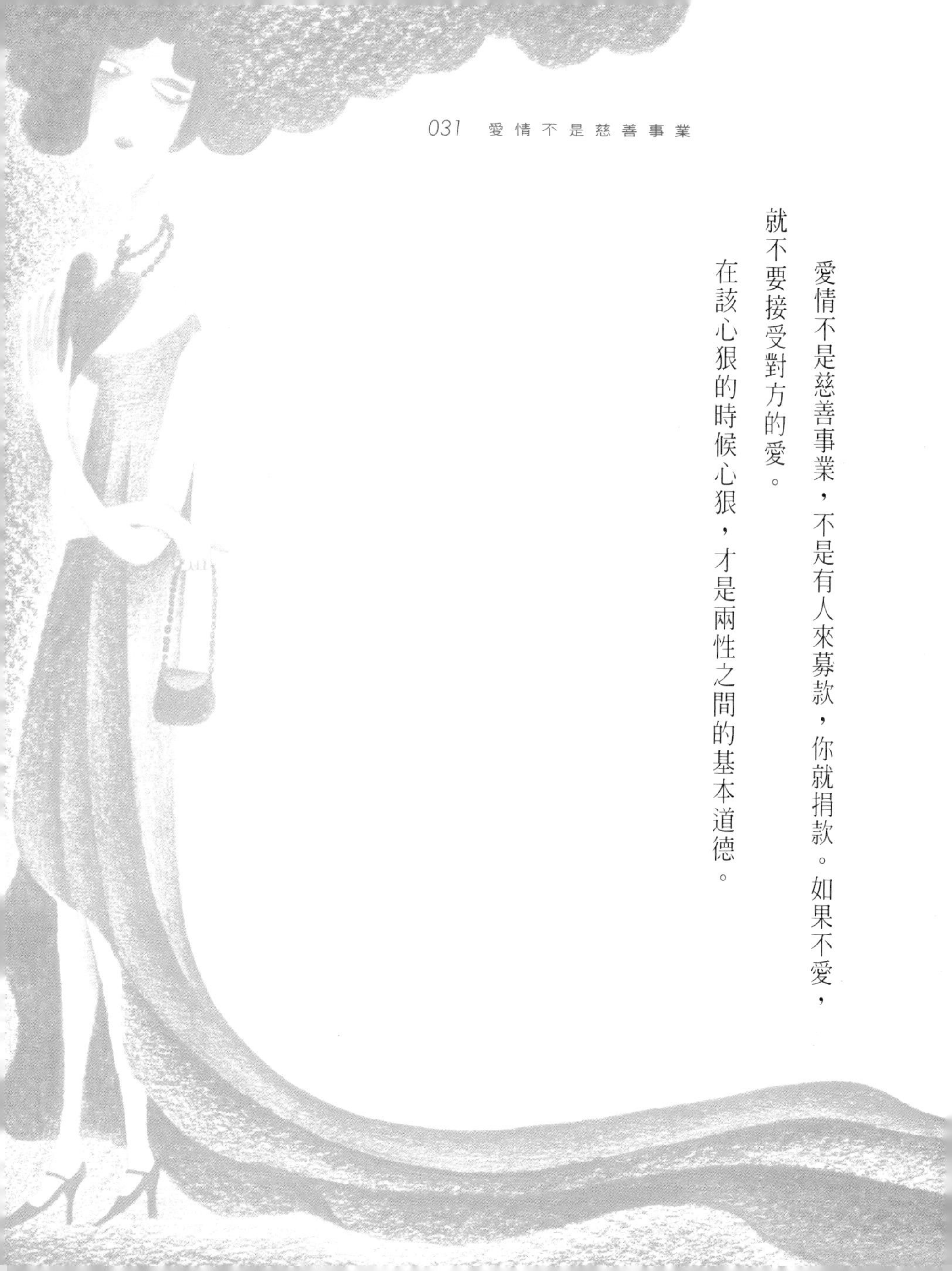

愛情不是慈善事業，不是有人來募款，你就捐款。如果不愛，就不要接受對方的愛。

在該心狠的時候心狠，才是兩性之間的基本道德。

Chapter 2

# 我就是這樣的女人！

# 喝咖啡聊是非

喝咖啡這件事對女人來說，有助於身心健康。

很多男人搞不懂，爲什麼女人那麼熱中於到咖啡館裡去和閨中密友喝咖啡？

男人眞的不了解，喝咖啡這件事對女人來說，其實有助於身心健康。

因爲咖啡裡有咖啡因，咖啡因會讓女人的情緒很high，而咖啡館裡的優閒氣氛則會讓女人的肢體鬆軟，在這種迷離、愉悅的情況下，許多原本不輕易出口的秘密，就這麼在鬆餅與蛋糕之間被悄悄交換了。

Yes！和兩三個閨中密友一起喝咖啡談心，其重要性大概就和美國人定期要看心理醫生一樣，是一種傾吐之必須，一種傾倒心靈垃圾的過程。

當然往往也順便會交換一些別人的八卦，當然那些『別人』往往也都不會在場；而在驚訝、惋嘆、同情別的女人不幸遭遇的同時，女人發現自己其實不是最倒楣的，於是原本小小的鬱卒得到了清洗，原本不平衡的心理得到了平衡，女人這下又有勇氣去面對自己的問題。一杯卡布奇諾或是瑪琪雅朵，這時簡直可以代替聖水了，暢快地喝下去，女人感覺自己彷彿得到了救贖——原來上帝還是很鍾愛自己的嘛。

因此，走出咖啡館的時候，女人差不多也得到了重生。

但是男人還是不明白，家裡也有燒咖啡的器具，也有漂亮的咖啡杯，女人爲什麼不邀密友到家裡一敘，爲什麼非要花上兩個小時穿戴打扮，不辭勞苦地跑到外面的咖啡館去喝咖啡？

這有什麼難懂的？因爲不想在快樂地喝咖啡聊是非之後，還要不快樂地洗一堆杯盤啊。

# 買衣服像談戀愛

得到一件有價值的衣服和得到一個有價值的情人一樣，都能讓女人有提高身價的幻覺。

女人和衣服的關係，幾乎就是和戀人的關係。

本來沒打算買東西，但經過某家服飾店，一不小心就被櫥窗裡那件漂亮衣服煞到，當下立刻一見鍾情，不買不行。

或是對一件衣服看了好多次，喜歡極了，無奈價錢卻很恐怖，暫時買不起，只好數度流連在櫥窗前，深情相望，夜裡還要魂牽夢縈。

或是這次沒買，思考數日之後，終於決定買下，但到了那家服飾店後，才知道中意的那件不幸在三分鐘前已經被別的女人買走，只能黯然離去，把它當成無緣的戀人。

或是實在很喜歡，衝動地買下了，可是那件衣服過於性感，無論如何不敢穿出去公諸於世，只有讓它成爲私人蒐藏，擁有一種偷情般的快樂。

也有當初曾經一眼就意亂情迷的衣服，買回家之後卻無法解釋地忽然失去了魅力，淪爲衣櫥的裝飾品，每次打開衣櫥看見它就有變心的罪惡感。

對女人來說，買衣服和談戀愛一樣，都是一種能力的展現。得到一件有價值的衣服和得到一個有價值的情人一樣，都能讓女人有提高身價的幻覺。

貼身的衣服像是情人的膚觸，一件對的衣服就和一個對的情人同等舒服。

女人和衣服之間的秘密情感只有女人自己才能體會。這個女人覺得不怎樣的衣服，說不定另一個女人卻驚爲天衣。

女人無法常常換新情人，只好常常換新衣服。

# 二十五歲的女人

二十五歲的女人會忽然驚覺自己已經不再是少女，
青春正在悄悄消逝。

一個二十五歲的女人很憂慮地傾訴她的煩惱：
『怎麼辦？我都已經活了四分之一個世紀了，還是一事無成。』
一事無成？她年輕貌美，有一個碩士學位、一幢正在分期付款的房子和一份月薪五萬的工作，任何人看她，都會認爲她正處在人生的大好時期，但她卻說，她一事無成？那……她還想怎麼樣呢？

『我也不知道嘍，』她的雙眉緊鎖，面容憂戚，『總之就是常常感到莫名其妙地恐慌。』

爲了將心比心，我找出自己二十五歲那年的日記來看，結果，我發現其中也有這樣的詞句：『……不知道爲什麼，常常都會感到莫名其妙的恐慌……』

二十五歲對女人而言，似乎是人生的某個關鍵期，因爲所有的美容手冊都告訴妳，女人的皮膚從二十五歲開始走下坡了，該好好保養了喲；新娘雜誌也來提醒妳，最好的結婚年齡是二十五歲，該好好想想終身大事了喲；於是，二十五歲的女人會忽然驚覺自己已經不再是少女，青春正在悄悄消逝。

所以，忽然就有了歲月之感。

歲月之感令人懷想過去，遙想未來，於是，曾經失敗的戀情再度刺入心扉，還未來到的良人又不曉得什麼時候才會出現，但這種幽微的心焦難以言說，因此，就在心頭糊成了說也說不清的、莫名其妙的恐慌。

即使是戀情正熾，二十五歲的女人對未來也會有某種程度的不確定感，不知道是該繼續和他走下去好？還是存一筆錢去國外進修好？或是全心全意努力在工作上求表現好？每一種未來都使人心動，但不快點下決定就要流失了大好時機喲……

歲月不容蹉跎啊。二十五歲的女人們，想做的事就勇敢去做，就算犯了錯，也還有時間重來，所以大膽地往前走吧。

# 三十歲的女人

三十歲是一個分水嶺，

以前還可以算是『女孩』，以後卻絕對只能是『女人』了。

一個女性朋友說起她的另一個女性朋友的故事：

『她和她男朋友交往十年了。十年中發生太多的事情，也愛過恨過，快樂過傷心過，最後一切歸於平淡，兩人相處就像老夫老妻一樣，簡直沒什麼情緒，也沒什麼驚喜。』

因為不再有火花，兩人曾經分手過一段時間。在那段時間裡，有另一個男子對女方展開追求，周遭的朋友們看在眼中，紛紛祝福她的新戀曲。

『不久之後，我接到她報佳音的電話。她說，她要結婚了，我嚇了一跳，以為她要和她的新男友閃電結婚，沒想到，她竟然說新郎是那個她曾經交往十年的前男友，把我嚇了更大的一跳。』

這個即將結婚的新娘對我的朋友解釋，她實在沒有心力再花十年去摸索、適應、學習和另一個男人相處，對於愛情，她已經懶得重新再來過。她的舊男友雖然有很多缺點，但畢竟兩人都很了解彼此，在一起就像穿著舊鞋子去逛夜市那樣輕鬆家常。

『她說她都三十歲了，需要的就是這種平淡安穩的感覺。聽起來，她的口氣眞的很平靜耶，沒有快樂，可是也沒有不快樂。』

當女人來到三十歲，戀愛經驗有了，工作經驗有了，對感情和事業的風波起伏有點累了，許多事也不再那麼新鮮了，這時，『安定』會成為女人追求的指標。

我的很多女性朋友都是在三十歲左右的時候『忽然好想結婚』，如果男人有意抱得美人歸，這時會是個好時機。

若是一時沒有找到結婚的對象，三十歲的女人也會認眞地開始考慮給自己買房子，並且養一隻毛茸茸的小寵物來消化自己忽然湧起的母愛。三十歲是一個分水嶺，以前還可以算是『女孩』，以後卻絕對只能是『女人』了。

所以，三十歲以前，女人都不相信自己會變老，但是在三十歲生日過後的第二天，卻會忽然聞到早秋的味道。

# 女人的煩惱

如果電腦有性別，那麼它一定是男的。

茉莉坐在電腦前，與那架冥頑不靈的機器奮戰了半天，但那顯然是一個消耗能量的過程。於是，茉莉最後還是決定使用『粗暴關機法』，也就是『啪』地一聲直接關掉電源。她瞪著忽然一片黑暗的螢幕，幽幽嘆了一口氣，說：『如果電腦有性別，那麼它一定是男的。』

噢，這個有趣。我的心裡立刻就欣然同意了，但還是想聽聽茉莉的說法，『爲什麼呢？』我問。

『妳不覺得電腦和男人一樣，都很難溝通嗎？他不懂妳的指令和想法，妳不懂他的程式和語言，彼此是兩個無法互相了解的世界。也許妳曾經希望和他一起投入一種美好的狀況，最後往往卻落得不歡而散的下場。』

嗯，這個有道理。我點點頭。茉莉又繼續往下說：『而且，在妳需要他的時候，他老是當機。』

也難怪茉莉會發出這樣的感嘆，因爲她與電腦相處的過程，基本上和與她男友相處的過程是差不多的；那個男人似乎永遠不明白茉莉到底要什麼，而且每當她想好好與他談一談兩人的未來時，他就會逃到電腦前去玩遊戲。他寧可花四十八小時去建立一個虛擬的帝國，也不肯花一個小時陪她去ＩＫＥＡ買一盞檯燈。

他可以連續三天不和茉莉連絡，卻不能忍受一天不開機。每當他和電腦傾傾我我的時候，茉莉總覺得自己的存在很多餘，彷彿電腦才是他戀愛的對象，而她則是個毫無勝算的第三者。

雖然如此，茉莉卻沒想過和他分手。

『因爲，就像我們總是必須用到電腦一樣，女人也總是該有屬於自己的男人呀。』茉莉又是幽幽地嘆了一口氣，然後『啪』地一聲再次開機，繼續與她的電腦周旋下去。

# 秀髮之於女人

大多數的男性都同意，
輕盈柔軟的長髮是女性美麗的象徵。

有一句廣告詞是這麼說的：『秀髮是女人的第二生命。』這句話未免太嚴重了些，哪個女人會把頭髮的重要性排名在情人、工作、財富或孩子之前啊？不過，廣告雖然誇張，也不至於引發女人太多異議，因為，女人對於自己的頭髮確實從來不會掉以輕心。

洗髮時不僅要潤絲，還要護髮，瓶瓶罐罐的各種保養品堆滿了浴室窗台，女人一邊搓弄著濕漉漉的頭髮，一邊充滿了愉悅的想像，想著自己要如何如何風情萬種地走過喜歡的男人眼前，身後輕飄飄地飛揚著一把勾魂的秀髮。

女人陶醉在這樣的虛擬畫面裡，一部分是因爲廣告的暗示；但更主要的原因，大概還是因爲迷人的秀髮具有催情的作用吧，畢竟大多數的男性都同意，輕盈柔軟的長髮是女性美麗的象徵。

以前我曾經做過一個非正式的小問卷，對象是大學男生，問題是喜歡女生長髮還是短髮？結果十個人裡面有九個半都說長髮，另外那半個則以『要看我女朋友的臉型適合長髮或短髮』做爲回答。

後來他女朋友偷偷告訴我：『夏天熱死人了，頭髮黏在脖子上好難受，但是他不准我去剪，因爲他說我的臉型不適合短髮。』嗯哼……

與輕鬆的短髮比起來，長髮確實是不舒服，我也曾經留過及腰的一大把頭髮，不但每次洗頭都是酷刑，睡覺時還不能隨便翻身，得把頭髮先掠到一邊才能翻，麻煩透頂！但不瞞你說，那時，我也是應某某人要求而不得不掛著那一頭長髮呀。後來與某某人互道再見之後，我立刻去把及腰的頭髮剪到齊肩，天啊，『一切從頭來過』的感覺眞是輕鬆。

所以我不禁要想，古時候的女人不分中外，一律是一把累死人的長髮，現在的女人可以自己決定頭髮的長短，這應該算是女權的顯示之一吧？難怪在強調女性當自強的『美國女大兵』那部電影裡，黛咪摩爾的頭髮長度只有零點五公分。

# 車子之於女人

會開車並且擁有車的女人，
代表了具備行動力的女人。

我有個朋友在結婚前獲贈新車一部，送禮者是她的母親，『女兒啊，婚後如果有什麼不開心的話，歡迎妳隨時開車回娘家。』

我的朋友結婚後證明了她母親的深謀遠慮，因爲婚姻生活的第一年是最難熬的，而且夫妻之間一言不合而大動干戈往往都發生在深夜，若要痛快地拂袖而去，沒有一部屬於自己的車還眞的不行。

幸好，她有車，所以她可以汽車鑰匙一拎就奪門而出，然後上陽金公路去看螢火蟲，或是走濱海公路去吹海風，就算這樣亂晃一整夜都不必害怕，反正車子是個活動的私人堡壘，只要油箱不到底就一切安全。至於什麼時候回家，全看她高興。

『車子太重要了，那代表了女人的行動力。有了自己的車，我們就有了自己的方向，不必依附男人，也不必讓男人來替我們決定要走的道路。』她說。

男人少有不愛車的，女人愛車的也不少，可是女人對於車子的感情，通常並不在於裝飾或炫耀，而在於車子所提供的私密性與安全感。

更重要的是，坐在駕駛座上，就像掌控著自己的世界，那種感覺會讓人覺得自己敏捷、俐落，而且自主。

畢竟在兩性之間，尤其是在婚姻生活裡，女人常常會感到身不由己，而一部完全屬於自己的車，給了女人面對自己的空間。

會開車並且擁有車的女人，代表了具備行動力的女人，這其間的關聯，大約就等於舊式的英國貴族少女必須學習馬術並且擁有私人馬房一樣。

只要女人保留了自己駕車的權利，就保留了某種程度的自由。

可是，當自由太過的時候，開車或許就不再是一種樂趣了。

這裡就必須提到我的另一個朋友了，離婚之後的她總是一個人開車去上班，去辦事，去加油，去保養，有一回車子在途中拋錨，她也只好一個人蹲在路邊灰頭土臉地換輪胎。那種淒涼心酸，實在不是三言兩語可以道盡。

後來有一天，她身體不適，一個男同事自告奮勇要開她的車送她回家，事後她告訴我，那種不必自己動手轉方向盤，只要癱在一旁的放鬆感，竟然令她當場忍不住流下淚來。『以前我和我的前夫總是搶著開車，現在我才發現，哦，有男人當司機的感覺眞好。』

# 女人的自我感覺

自己決定裝扮，然後讓裝扮決定心情，
這就是女人的『自我感覺』。

我認識一個女人，她總是以穿什麼衣服來決定今天想呈現的自己。例如說，如果她希望今天的自己是瀟灑明快的，她就會穿襯衫牛仔褲，順便紮個馬尾；如果她想要有一個嫵媚溫柔的自己，碎花長裙加一頭長髮則是最好的選擇。所以，若是要與她吵架，千萬不要是在她穿名牌套裝並且把長髮挽起來的時候，因為這樣的她那天一定特別精明幹練，絕對不會屈居任何人的下風。

其實不只是這個女人，大部分的女人都是這樣的——自己決定裝扮，然後讓裝扮決定心情，這就是女人的『自我感覺』。

這有點像是隨身攜帶了一個迷你舞台，今天演出的是什麼樣的角色和個性，看戲服就知道了。

自我感覺良好的女人，一整天都會覺得和諧順暢，反之，自我感覺不對勁的女人，一整天做什麼事都不對勁。因此，女人在出門前非得把衣櫥裡的衣服統統試過一遍不是沒道理的，畢竟那關係到今日運勢和一切成敗。

有些女人還會在出了門之後又衝回家去換衣服，或是乾脆繞到服飾店去把自己從頭到尾除舊佈新，那也是不得不這麼做啊，因爲穿了不對的衣服會令女人焦慮、沮喪、徬徨、不安，而且完全沒自信，換句話說，這一天便全毀了。

這也正是爲什麼性感內衣存在之必要，對女人來說，穿上它們，不只是爲了取悅男人而已，更重要的是爲了取悅自己，讓自己陶醉在『嗯，我好性感喔』的歡愉想像裡。

就像我的一個朋友偷偷告訴我的，如果她穿了普通的條紋睡衣，不管男人怎麼撩撥她，她都是無動於衷的，『因爲我會覺得自己像個苦命的村姑。那種「我是個勞動婦女」的自我感覺，令我一點性慾也沒有。』

所以，把置裝費（當然也包括性感內衣）列爲必要的支出，不全然是因爲女人愛美，那還涉及了女人對品味（甚至對愛情）的表現，而表現的舞台，就是自己的軀體啊。

# 一群巫婆在開會

還有比『同儕的認同』威力更強的，
那就是『異性的贊同』啊。

我曾經在一家中法混血的國際級女性雜誌工作過一段時間。在那十八個月裡，身爲資深編輯的我好像沒有穿過黑色以外的衣服。

因爲大家都是這麼穿。大家，包括服裝編輯、美容編輯、攝影編輯這些對美學有獨到眼光的專業人士，也包括那些更專業更權威更不容質疑的服裝設計師、美容顧問、攝影大師。當這些人全都有志一同地穿了一身黑，你卻獨排眾議地穿了一身紅的時候，相信我，絕對不會有人覺得你獨樹一格，除了鄙夷的眼光，你什麼也得不到。

如今想來，那種場面實在很接近國王的新衣，如果全部的人都認爲穿黑的才是對的，就算你的心裡有不同的想法，也會懷疑恐怕是自己的品味錯了。

不過當然還是有人敢說眞心話，例如我們那位四十來歲、位高權重、個性豪邁、不怕得罪人、得罪人也沒關係的社長，他每一回踏進我們那間坐滿了黑衣女人的辦公室，就會大呼他受不了這種黑色的視覺暴力：『密謀造反啊？妳們根本就像是一群巫婆在開會嘛。』

多年後的某一天，我和當年的另一個同事在街頭巧遇，我穿了鬱金香紫與玫瑰金，她穿了芥茉綠與南瓜橘，兩人組合在一起彷佛一盒彩色粉蠟筆；那種耀眼的彩度讓我忽然驚覺，對啦，自從離開那本高檔的女性雜誌以後，我好像也就離開了一櫃子的黑衣服了。

爲什麼當時非黑不穿呢？也許是因爲那幾年剛好流行黑色，也許是因爲女性刊物的獨特體質，但更多的是因爲年輕女人習慣在同儕之間尋求認同感的緣故吧。

『同儕的認同感』對年輕女人來說，影響力不容小覷，畢竟那代表了自己有沒有服膺某個小社會的無形規章，這是合群與否的問題；也代表了那個小社會有沒有接納妳，這則是人緣如何的問題。除此之外，還關係到個人的品味、社交的能力、對流行的敏銳度等等。

正是因爲這份『同儕的認同感』，所以，就像象腿襪是日本高校女生的制服一樣，巫婆一般的黑衣服也曾經是我的制服。

至於後來我爲什麼不穿黑衣服了呢？那是因爲有人明確地表示，不喜歡看我穿得像隻烏鴉的緣故。說到這裡，你應該明白，對於年輕女人而言，還有比『同儕的認同』威力更強的，那就是『異性的贊同』啊。

# 女人討厭的女人

有一種女人，幾乎是所有的女人都討厭的，
卻差不多是全部的男人都喜歡的。

有一天，一個女性朋友用很激動的語氣告訴我，她在搭電梯時爲了等另一個女人，等得一直按著『ＯＮ』的手都瘦了，但那個慢條斯理、故作姿態的女人進了電梯之後，始終端著一張超級名模般冷豔的臉，連一句謝謝也沒說。

『好像我活該等她似的！她當我是誰？電梯小姐？而她又是誰？西班牙公主嗎？最討厭這種女人了，自以爲是美女，就覺得別人都應該寵她！見鬼了！』

我相信她並不是出於嫉妒，因爲她也算是個小美人。

但我另一個女性朋友卻認爲，那個不說謝謝的女人其實沒那麼討厭，只是欠缺禮貌而已。

『眞正討厭的，是那種即使在辦公室裡，也非要穿得像個阻街女郎不可的那種女人！她們到底把辦公室當成什麼地方了？巴里島海灘？』說著說著，她也激動了起來。

我相信她也不是出於嫉妒，因爲她更是個一等一的大美人。

另一個香甜可愛的年輕女人則表示，火辣裝扮只是一種穿衣風格，純屬個人自由；眞正讓她受不了的，是那種冷若冰霜的女人。

『冷得可以開滑雪場了，看她迎面走過來，就覺得一陣冷風颼颼，令人不寒而慄。和她打招呼，她欲笑不笑，愛理不理，眞是莫名其妙！有必要這麼心高氣傲嗎？』

而另一個一樣香甜可愛的年輕女人倒覺得，冷若冰霜並沒礙著誰，沒什麼不對。

『最討厭的是那種老是用兇悍的語氣教訓別人的女人！拜託，又不是她女兒，擺什麼譜？端什麼架子？喔，好想朝她那張線條緊繃的死臉潑一桶油漆！』

聽不同的女人各自表述心目中最討厭的女人類型，是一樁十分有趣的事。

更有趣的是，有一種女人，幾乎是所有的女人都討厭的，卻差不多是全部的男人都喜歡的，妳猜猜是哪一種女人？

對，就是那種講話嗲聲嗲氣，看見同性時一臉木然，遇到異性卻笑顏如花的女人。

# 化妝之於女人

若是交情不夠深，
你絕對看不見一個女人卸妝後的模樣。

網路上總是流傳著一堆女明星化妝前的照片，再對照她們化妝後的樣子，只能說現代的易容術實在太神奇了。

那種照片雖然缺德，不過大家還眞的很愛看，而且有振奮人心的作用，因爲它們讓許多女人心中油然生起『有爲者，亦若是』的希望，相信自己也可以像那些女明星一樣，靠著化妝變漂亮。

莎士比亞的名言『上帝給了女人一張臉，女人自己又造了一張』其實是不正確的，應該說『上帝給了女人一張臉，女人自己又造了無數張』，因為每一季都有流行的彩妝，這個春天講究素雅的透明妝，到了秋天可能就變成了強調臉部線條的立體妝，或清靈，或冶豔，或其他，變幻莫測，何只一張？

女人在各種顏色的搭配裡自得其樂，把自己的一張粉臉當成畫布，其中況味不下於畫家面對心愛的作品；也像畫家一樣，每個女人都有一堆廣告顏料般的口紅和眼影。所以可以這麼說，化妝這件事對女人而言，不只是為了悅人悅己而已，還充滿了創造性，畢竟不是每個女人都能寫詞作曲，但給自己化個美美的妝總行。

然而化妝效果愈佳的女人，愈怕卸妝，或者應該說，愈怕被人看見自己卸妝後的樣子。有妝時粉嫩雪白的臉，無妝後一片蠟紙似的枯黃，那種殘酷的落差，令人不禁懷疑是不是鏡子壞掉了？

套一句我的朋友小雅勇敢的自嘲：『簡直就像白娘娘喝了雄黃酒一樣，立刻打回原形。』

是呀，若是交情不夠深，你絕對看不見一個女人卸妝後的模樣。

所以，當一個女人爲了一個男人而化妝時，那只是表示她還算在意他；唯有當她願意在他面前卸妝時，這才表示她眞的是把自己完全交付給他了。

# 心情不爽的女人

男人是造成女人心情土石流的最大禍源。

我知道有個女人在心情不爽的時候，就會自暴自棄地吃下一堆對自己萬分不利的食物，例如臭豆腐、鹽酥雞之類這種油炸東西；然後，第二天她的臉上會爆出痘痘，腰間也會浮出一層難以消化的肥肉，讓她心情更糟，而她平撫自己的方式，就是走向另一個賣滷味或炸雞排的攤子。

我也知道有個女人在心情不爽的時候，則會不由自主地買下一堆根本不需要的東西，簡直就像是受了什麼詛咒一般，彷彿有個頭上長角的小惡魔不停地在她的耳邊陰險地催眠：買吧，買吧……於是她就在一種類似夢遊的狀態下，軟弱地一再遞出信用卡。等到她收到帳單的時候，才終於大夢初醒了，但任她再怎麼暴跳如雷、搥胸頓足，也都已太遲了。

我還知道有個女人在心情不爽的時候，一定會抱著電話輪流向所有的朋友傾訴她的煩惱，但是好不容易放下電話之後，她又一定會不安地覺得自己似乎說了太多不該說的秘密。不幸的是，她的擔憂也一定是對的，因爲不出三天，她那『我告訴你，但你千萬不能告訴別人喔』的個人秘辛一定已經傳遍了全世界。

我更知道有個女人在心情不爽的時候，總是會抱著枕頭逃避到另一個世界去，睡得昏天暗地，然後頭痛欲裂地醒來，發現自己所有該做的事統統沒做。這時，她除了沮喪還是沮喪，而她只恨自己爲什麼要醒來？何不乾脆睡掉整個人生算了！

心情不爽的女人總是會花一些時間做一些對不起自己的事，然後再花更多的時間惱恨懊悔自己做了那些事。

不過話又說回來，誰能時時刻刻活得那麼積極奮發、那麼理智冷靜呢？偶爾（記住，是『偶爾』！）在惡劣的情緒中放縱一下其實也是平衡自己的一種方式，畢竟我們是女人，又不是女神！

根據一份非正式的統計，女人心情不爽，百分之八十五點九是爲了男人。男人是造成女人心情土石流的最大禍源。

但是，我們不能否認，男人的存在也是讓女人快樂的泉源。女人的眼淚和笑顏，往往都來自同一個源頭。

所以囉，若是每一個男人和女人都能相親相愛，這個世界上就會少掉很多得了貪食症的女人、患了購物狂的女人、神經兮兮的女人和睡得不好的女人了。

# 女人的領域感

每個熱戀中的女人
都會希望擁有一把可以自由出入男友住處的鑰匙。

有個男人說，他從結婚那天起就失去了自由，因爲他太太什麼都要管，從他有沒有把喝過的杯子收好，到他打領帶的方式，她統統有意見。

『那是我維持了三十年的習慣，也是這三十年的習慣養成了我這個人。她爲什麼不能接受眞正的我？爲什麼企圖要把我改變成另一個我？』這個男人很可憐地抱怨著，『妳知道嗎？我覺得我簡直像個囚犯，而她就是管理我的獄卒。』

當然那是因爲她愛你嘛，我對他說。如果她不在乎你才懶得理你呢，我又說。

他顯得有點疑惑，但還是接受了這樣的說法。

其實不只是愛不愛的問題而已，『管理一個男人』關係到女人的領域感，但大部分的男人恐怕都不太能了解這一點。

當一個女人和一個男人共組了一個家庭，這個家就成了女人的城堡，而女人就成了這個城堡的皇后、管家兼女僕，一切都要在她的看管之下，照著她的方式運作。一個旗幟飄揚、窗明几淨的美麗城堡，是女人的驕傲。

而隸屬於這個城堡的重要成員，那個國王、司機兼捆工，當然會被女人一併收編在管理之列。

關於女人的領域感這回事，其實不是結婚之後才開始的，當兩人相戀之初，女人已經默默運作了。可不是嗎？每個熱戀中的女人都會希望擁有一把可以自由出入男友住處的鑰匙，『這樣我就可以去替你洗洗衣服、掃掃地呀什麼的。』這是女人溫柔的藉口。

事實上，女人心裡想的是，當一個男人願意把他的私領域完全開放給自己的時候，才代表他對她沒有秘密。這則是女人甜蜜的心機。

# 女人不是熊貓

對女人來說，R級影片比A級更催情，
羅曼史小說比A書更具有春藥的功能。

雜誌上有一篇很有趣的文章，說貓熊這種動物其實是性冷感的，爲了讓牠們發情，成人錄影帶與威而剛都得派上用場。

『成人錄影帶？』我的朋友小靜聽了立刻睜大眼睛，『所以說熊貓看人演的A片會興奮？這太荒謬了吧？如果是換成我來看熊貓交配的紀錄片，我才不可能發情呢。』

其實小靜是那種人演的A片也不會讓她興奮的女人，『我搞不懂活塞運動有什麼好看？』猛男秀胸肌腹肌腿肌三頭肌二頭肌的圖片她亦完全無感，『看起來好像是奴隸市場的DM。』

小靜和熊貓一樣都是性冷感的動物嗎？不，她很正常，她和絕大部分的女人一樣，在性這件事上，需要的不是直接而粗魯的刺激，而是婉轉曲折的撩撥。因此，日劇裡的男主角一把將自己心儀的女人推到床上的畫面是感動不了小靜的，『眞是個愚蠢的莽夫。』這就是她的結論。

絕大部分的女人（當然也有人例外）都必須先有愛才能有性的存在，而愛來自於情感的對待、歸屬感的確定，以及對兩個人未來的憧憬，這其中有一個反覆試探的過程，彷彿跳雙人芭蕾一樣，有進有退，還有跳躍和迴旋。

所以，對女人來說，R級影片比A級更催情，羅曼史小說比A書更具有春藥的功能，因爲A片和A書強調的是『直接而粗魯的刺激』，R片和羅曼史小說才有反覆試探的過程，才是『婉轉曲折的撩撥』。

古埃及文『愛』的字義正是『幽長的渴慾』，而幽長的渴慾，不就是通往性的曲徑嗎？看來，古埃及人對女人性心理的了解，比許多現代的莽夫更勝一籌呢。

# 女人比較心狠？

『愛一個人是需要花力氣的，
而我愛他的力氣已經用完了。』

有一種說法是，女人的愛比較深，但是男人的愛比較久，眞的嗎？

觀察我周圍的女性朋友們，好像還眞的咧。

就說小瑜吧，想當初她對那個男人多好啊，在他跟前，她溫馴得像羊，忠心得像狗，當他不能陪她的時候，她又獨立得像貓。

每次我和小瑜一起逛百貨公司，她一定先到男士用品部去轉一轉，因爲那個男人的行頭全靠她打點。爲了他喜歡吃一種我叫不出名字的奇怪的少有的阿爾巴尼亞點心，她還特地去學做那種製作過程折磨死人的東西。至於那個男人的住處，不用說，賢慧的小瑜當然也包下了全部的清理和打掃。

對他這麼好，愛他如此深，可是後來小瑜和他分手之後，卻只傷心了一小段時間，就重新振作起自己，勇敢地面對人生。她很少提起他，因為，『多想無益，』她說，『愛一個人是需要花力氣的，而我愛他的力氣已經用完了。』

她還說，過去太耗損自己，所以現在好好休養生息最重要。那麼，會希望與他從頭來過嗎？小瑜大笑說：『過去就過去了，何必回頭看？』

反觀那個男人，與小瑜ㄘㄟ、了之後就一直消沉度日，有了另一個女朋友以後還對小瑜念念不忘，一副好像很癡情的樣子。相形之下，小瑜就顯得無情多了。

眞的是因爲女人比較心狠嗎？不，是因爲女人在面對一樁感情的時候，往往比男人更深刻、更細膩，可是當這份愛情能量使用殆盡的時候，卻也往往比男人更決絕，更當機立斷。

在愛情裡的女人都是水做的，然而一個女人若是清楚地知道愛已不可爲，那麼一切就是結束了。

拖泥帶水，不是女人的作風，提得起放得下，才是女人的本事。

# 長辮子公主

表面上愈是婚姻美好生活幸福的女人，
愈可能成爲長辮子公主。

我的一個男性友人最近有一點小小的困擾，因爲忽然有個已婚女性對他示愛。

多年以前，他和她曾是高中同學，那時兩人對彼此可能頗有一些意思，但最後終於什麼事也沒發生就失去了連絡，各自展開不同的人生旅程。不久前，他和她在街頭巧遇，從此她常常會打電話給他，回憶一些他早已遺忘的八百年前的舊事。最後，她終於對他告白，說他才是她今生最愛的人云云。

『怎麼會這樣呢？以前我和她根本沒怎樣，至於現在，我更沒有傳遞什麼錯誤的訊息給她呀。』他不勝惶恐地抓著頭髮。

有些女人對待愛情的態度，就像是童話故事裡那個被關在高塔裡的公主，單身的時候，她從窗口垂下長長的髮辮，做為一種願者上鉤的誘惑，等待著某個路過的王子把她從無聊靜止的生活中解救出來；結了婚之後，當一切趨於平淡，那個長辮子公主又幽幽復活了，她再度垂下她的髮辮，希望又有一個路過的王子攀著髮辮爬上來，帶她逃離日復一日乏味沉悶的婚姻關係。

對這種長辮子公主來說，是誰路過其實並不那麼重要，重要的是，必須有一個對象可以成爲她寄情的想像。所以，她會一廂情願地把那個對象美化再美化，打光再打光，最後終於在想像裡無可自拔地愛上他。

長辮子公主需要她的高塔，這樣，她才能在高高的雲端裡對某個路過的男人進行漫無邊際的幻想。

所以，表面上愈是婚姻美好生活幸福的女人，愈可能成爲長辮子公主，因爲只有在安逸的狀態下，一個已婚女性才有這種閒情這種時間去編織作夢的髮辮。

我對那不勝惶恐的男性友人搖搖頭，說：『是呀，你是沒有傳遞什麼錯誤的訊息給她，你眞的什麼壞事也沒做，只是不小心路過了某個長辮子公主的高塔下而已。』

# 女人需要密友

許多事情女人是不會對男人說的，
這時，密友就成了必要且安全的出口。

每個女人都會有兩三個密友。所謂密友，就是彼此可以吐露秘密、而且還可以密謀一起去鬼混的朋友。別小看了這些活動，那往往有削減負面能量、解除生活壓力、釐清內在葛藤等種種重要功能，比專業的心理醫師還管用。

所以，女人可以沒有男人，卻不能沒有密友。

女人和密友膩在一起的時候，確實比和男人在一起來得放鬆，因爲女人在喜歡的男人面前要顧及形象，但是對密友就不必來這套了。去問問某個端莊優雅的女人的密友，問她那個女人是否如此，『什麼？她端莊優雅？』她很可能會大笑你對那個女人的看法，然後告訴你那個女人種種粗野迷糊卻可愛到不行的行徑。

許多事情女人是不會對男人說的，畢竟愛情也好，婚姻也罷，再相愛的男女之間還是有危險地帶，一不小心就會踩到地雷，然後『轟』地一聲，把兩個人炸得傷痕累累。看過史丹利庫伯力克的『大開眼戒』那部電影嗎？坦白從寬往往是麻煩的開始；因爲人的心思何其幽微，爲了溝通而設計的語言又常常只是造成誤會，所以爲了避免不必要的爭端，女人往往選擇了沉默。

但是女人的心裡依然喧譁，這時，密友就成了必要且安全的出口。

而密友之所以稀有，正在於這種百分之一百二十的信賴，妳必須對她有完全的信心，知道她即使被赤軍連刑囚也會咬緊牙關不供出妳的秘密……什麼？妳對妳的密友只有百分之九十八的信心？還有百分之二的可能她會把妳告訴她『不能對別人說喔』的事說出去？好，那麼妳還是和她聊聊妳昨天買的那雙鞋子就好，然後悄悄把她從妳的密友名單除掉吧。

# 馬克斯女人

她們總是把自己暗戀的對象置於神的位階，
而尊貴完美的神怎麼可以降低層次和平凡的民女相愛呢？

妳曾經有過這樣的經驗嗎？妳一直瘋狂地暗戀著一個人，那種沒有出口的情愫彷彿一把火，燒烤著妳狂跳的心，也灼熱了妳總是偷偷窺視他的眼睛。妳猜，不，妳確定這一生再也不會狂戀一個人像狂戀他一樣。如果他是一種宗教，那麼妳一定是最忠實的信徒。他就像一座義大利教堂一樣地完美。妳對他不敢多想什麼，只要能遠遠地看著他，默默地追隨他，此生足矣。

然後有一天，在妳完全想不到的狀況下，他忽然向妳告白了，說他一直很喜歡妳，他希望妳的未來能與他在一起。這時，妳第一個感覺是呆住了，好不容易回過神來而且確定他不是開玩笑之後，妳的第二個感覺竟是，天啊，快逃。

我的朋友百合就有過這樣的經驗，對方是她的大學同學，整整四年的大學生活，她都在對他的暗戀中度過。『可是，當那天夜裡，他忽然傾過身來吻我時，我卻在心慌意亂之下甩了他一巴掌。』

那一巴掌當然甩掉了他們之間戀情發生的可能性，百合說，她深感遺憾，但並不後悔。『因爲他是我的偶像，妳懂嗎？偶像只能存在於夢想之中，不該在現實裡實現的。』

我懂。對於百合這種女人來說，她們總是把自己暗戀的對象置於神的位階，而尊貴完美的神怎麼可以降低層次和平凡的民女相愛呢？除非百合以『人』的眼光來看待她的感情投射的對象，否則兩人永遠不會有開始，但矛盾之處也就在這裡了——如果百合把他視做平常，那又怎麼會為他神魂顛倒呢？

艾倫狄波頓在《我談的那場戀愛》這本書裡，把百合這種人稱之為馬克斯主義的信徒。『馬克斯主義者潛意識裡還是寧可讓他們的夢想停留在幻想階段。』

『違背我我就愛你；別準時打電話給我我就吻你；別跟我睡覺我就仰慕你。從園藝學的角度來看，馬克斯主義即是一種覺得另一邊的草坪比較綠的情結。』

所以，兩情相悅是多麼艱難的一件事啊。艾倫狄波頓這麼說。百合的故事也如此告訴了我們。

# 別把自己功能化了

男人只看見她的功能，卻看不見她的靈魂。

愛一個人就要愛得無怨無悔，妳同意這句話嗎？

在回答之前，先看看下面這個故事。

有個女人對她的男友超好，好到自願每個星期天都到他的屋子裡替他打掃。她很渴望擁有他的鑰匙，可是他從不給她，『反正妳來的時候，我都在啊。』他說。

是呀是呀，她到的時候他是在啊，但是當她一開始打掃，他就閃人了，『去見個朋友。』他總是含混不清地這麼交代，然後一定一整天不見人影。

故事到這裡已經很奇怪了，但是那個乖巧勤奮的女人卻不疑有他，兀自在他的屋子裡忙得團團轉，又是替他搓內褲又是爲他刷馬桶，每隔兩週還會把他的棉被拿出去曬，窗簾拆下來換，冰箱則是每個星期替他補貨，讓他隨時有冰啤酒可喝，牛肉乾可啃。如此這般，她把一個賢良女人的美德發揮到了極致。

但是但是，難道她從沒想過，當她在他的屋子裡當免費女佣的時候，他都在哪兒？都和誰在一起？這是假日耶，他不該帶她出去走走嗎？把如花似玉的她丟在屋子裡打掃，自己卻在外面快樂逍遙，這樣說得過去嗎？

『我的心裡當然不是很舒服，可是，可是我愛他呀。愛一個人不就是要愛得無怨無悔嗎？』她可憐兮兮地這麼說。

後來她總算弄清楚了，他每個星期天去見的那個『朋友』，根本就是他的另一個女朋友；更可惡的是，常常在她打掃完畢離開之後，他就帶著另一個女朋友回家。這下，她再也不能無怨無悔了。『眞是令人作嘔！想想看，我還替他們兩人鋪床呢。』如果滿腹怨氣與悔恨可以發電的話，她應該可以點亮一排路燈沒問題。

可是我其實不太同情她，畢竟那個男人雖然過分，卻是她把自己『功能化』的。最後，男人果然也只看見她的功能，卻看不見她的靈魂。

所以，什麼是無怨無悔？聰明的女人們，千萬別掉進了這個自設的陷阱啊。

# 女人最討厭聽到男人說這樣的話

聰明的男人都應該知道，
女人的耳朵是她最脆弱的地方。

親愛的男性同胞們，如果你希望你的女人能主動離開你，只需要在她耳畔不斷地重覆以下這些話語，保證很快就能達到你的目的：

妳看那個女的，身材好辣。
又在照鏡子？很美了啦。
妳說妳的老闆有神經病，但我覺得妳自己也有問題。

不是跟妳說我在忙嗎?等一下我如果有空就會打電話給妳嘛。

又買衣服?妳的衣服已經夠多了。

我媽媽認爲，一個好女孩應該是……

這條背心裙太年輕了啦，看起來不太適合妳。

妳該做運動了。

我以前那個女朋友常常說……

拜託，不要再吃這種垃圾食物了。

妳有沒有想過去塑身?

別再怪妳的好朋友某某了，其實我覺得她滿有智慧的。

妳問得太多了。

眞希望妳做菜的手藝有我媽媽那種水準。

家事本來就是應該女人負責的。

我希望結婚以後，妳的錢都由我來保管。

我希望結婚以後，每天早上都能喝到妳親手熬的稀飯。

我希望結婚以後，妳能好好學習如何侍奉公婆。

哼，女人開車。

我的鑰匙（或襪子、皮夾、領帶等等一切和女人無關的東西）呢？妳把它弄到哪裡去了？

算了，說了妳也不懂。

我跟妳道歉，妳就別再鬧了行不行？

爲什麼妳出門以前都要花那麼久的時間化妝？

好啦，我愛妳，這樣可以了吧？

妳最近是不是胖了？

唉，女人。

……

親愛的男性同胞們，如果你還在乎你身邊的那個女人，就盡量減低在她耳畔說出以上那些白目話語的次數。

聰明的男人都應該知道，女人的耳朵是她最脆弱的地方，那是贏得芳心的關鍵，但也是失去她的開始。

# Chapter 3
# 相愛時的心跳聲和眼淚

# 火星人不懂金星人

男人和女人的大腦運作方式確實不一樣，
所以對同一件事的理解往往是兩個不同的方向。

一個女人氣沖沖地對我抱怨她的男朋友：『他眞是一點都不了解我的心意！我花了那麼多時間才找到一個他最喜歡的墨綠色格子皮夾，本來還以爲他有多驚喜呢，沒想到他竟然說那種法國SIZE不適合放新台幣，要我留著自己用。』

聽到這麼不解風情的回答，她沉下臉來，但他竟然沒發現她不高興，還說點了那麼貴的肋排她都不吃，眞是浪費。她火冒三丈地說，人家想減肥不行嗎？他想了想，點頭同意，說，是啦，最近妳是有點胖了。

『他嫌我胖?天哪，他竟然嫌我胖?』即使只是轉述她和他的對話給我聽，她還是氣得頭頂冒煙。

最後，那個男人終於發現他的女友情緒不佳，所以他問，妳怎麼啦?她硬聲說，我沒怎樣啊。相同的對話重複幾回之後，他自作聰明地下了一個結論，笑道，我知道了，妳月經來了對不對?

『連我爲什麼在生氣都搞不清楚，眞是夠了!』說到這裡，她簡直氣得快沒嚎啕大哭。

類似的苦水，每個女人都可以吐出一籮筐。女人總是驚愕地發現，她那聰明絕頂、對複雜的電腦程式或股市分析都可以瞭若指掌的男伴，卻總是弄不懂她只想聽到一聲『我愛妳』的暗示。『男人眞是不了解女人!』這是女人共有的感嘆。

其實女人又了解男人多少？妳可能和某個男人如膠似漆地生活了十幾年，有一天卻赫然發現，那傢伙根本是個陌生人！

也許男人女人眞的不是同一種人，有愈來愈多的研究顯示，男人和女人的大腦運作方式確實不一樣，所以對同一件事的理解往往是兩個不同的方向。

如果男人女人根本不是同一種人類，那麼如何了解對方？難怪專研兩性心理問題的約翰葛瑞博士會有這句名言：男人來自火星，女人來自金星。（Men are from mars, women are from venus.）

# 妳會偷看他的日記嗎？

許多時候，慾望還是戰勝了一切。

如果有一天，妳經過他的書桌，看見他的日記就放在那兒，而他剛好不在，並且要五個鐘頭之後才會回來，一切都很安全，一切都將神不知鬼無覺……這時，妳會偷看他的日記嗎？

我問過許多女性朋友這個問題，回答『會』和『不會』的大概各佔一半。會，因爲抵不過好奇的慾望，這個答案很人性；不會，則因爲眼不見爲淨，這個答案也很人性。

回答『不會』的那一半裡，小藍算是其中最堅決的一個。『幹嘛偷看他的日記？如果看見讓我自己不舒服的事情，然後又不能去問他，這不是折磨我自己嗎？』她冷笑著說，笨女人才會做出這種和自己過不去的蠢事哩。

可是理論是一回事，實際是另一回事。許多時候，慾望還是戰勝了一切。

前幾天小藍神色悒鬱地告訴我，她的男朋友顯然還對前女友念念不忘，令她對這段感情忍不住要心灰意冷。

『他對妳說的嗎？』我問。『不，他的日記裡寫的。』她說。咦？他的日記？我的眉毛高高挑起，而小藍的臉紅了。『也不是啦，就是，ㄟ，他的日記正好在那裡啊，那我經過啊，風又剛好吹來啊，所以我就不小心瞄到啊……』

喔，原來他的日記是被風吹開的？夠了。

小藍這下眞的如她自己所說，在他的日記裡看見了讓她不舒服的事，卻又不能去問他，這種感覺眞是悶壞她了。

『算了吧，妳自己也有很多不能告訴他的秘密，不是嗎？妳偶爾也會懷念一下過去的戀人，不是嗎？』我只好如此安慰小藍，『可是，這並不代表妳不愛他，對不對？同樣的，他在某個時刻忽然想起他的前女友，這和他愛不愛妳，也是不同的兩回事啊。』

在我費了整整半個鐘頭的唇舌之後，小藍終於綻開了笑容。『妳說的有道理。好，那我就釋懷了。』

過了十分鐘，小藍忽然想到什麼，神色亢奮了起來，『對了，我在他的日記裡找到了他的電子信箱密碼，我得趕快上去瞧一瞧才行。』

『……』我又挑了挑眉毛，什麼話也說不出來。

# 妳最怕失戀還是失業？

歷經了一些年歲，體驗了一些滄桑，心境必然有所轉折，想法也就不一樣了。

專家說法，男人最怕的是失業，女人最怕的是失戀。

如果從男女的本質來看，我同意這個說法，因爲男人所承擔的社會責任一向比女人高，一旦失業，失去的不只是一份薪水而已，同時還會失去妻小的信賴、同儕的看重，以及對自己的信心。

至於女人，往往是以愛情爲其生命重心，一旦失戀，失去的不只是一個人而已，更嚴重的恐怕還會失去了魂魄。

以上說法，有個黑色的理由可以佐證：某個在急診室工作的朋友就告訴我，男人鬧自殺，起因多半是事業失敗；而女人活不下去，百分之九十則是因爲愛人離開了。

可是若把『時間』這個因素放進來看，那就不一定了，因爲時間會造成質變。

百合就是個很好的例子。在她二十多歲的時候，廣告文案的工作對她來說可有可無，談戀愛才是首要事務；可是當她三十多歲，結了婚又離了婚以後，卻成了個不折不扣的工作狂。

『男人是不可靠的，』她總是這麼強調，『靠自己最重要。』這是她現在的生命信仰。

小桃則是另一種代表。她既沒過結婚也沒過離婚，甚至沒有談過一場首尾俱全的戀愛，只因爲她也進入了三十歲的關卡，所以就很實際地把對異性的嚮往轉移到賺錢這件事上來。

『愛情可遇不可求，我已經死心了啦。如果我注定要養活自己一輩子，那麼我最好像男人一樣強。』小桃這番話雖然帶有玩笑性質，卻也是很認眞的。

女人在年輕的時候總覺得只要和心愛的人在一起，那麼就算一起喝西北風，也是甜的，但是歷經了一些年歲，體驗了一些滄桑，心境必然有所轉折，想法也就不一樣了。

當然還是有許多不再年輕的女人覺得失戀比失業可怕，『因爲婚姻就是我的事業啊。』這是嫁了好丈夫的莎拉的回答。我喜歡這個接近童話般幸福的答案，也希望她可以一直如此幸福地童話下去。

# 妳是他的女人還是女僕？

他若是神，妳就是服侍神的女僕。

套一句舊小說的形容詞，芳婷可以說是『嫁得非常好』，因爲她的丈夫不但出身於上流家庭，而且很有志氣，年紀輕輕就不靠父蔭，自己創業成功。

再套一句舊小說的形容詞，芳婷的丈夫『聰明瀟灑，是個俊俏的人物』，很得女人青睞，所以兩年前芳婷與他結婚時，眞是羨煞了周圍一群對他虎視眈眈的女人，其中有人還充滿妒意地說：『她不過是個民女，卻有辦法嫁給一個王子。』

這句話太刻薄了，因爲芳婷也是個十分優秀的女子，她博覽群集，學有專精，言談思想都具有相當見地，而且在工作上表現出色。不過，結婚之後，她就辭去工作，專心當個賢良的主婦。在朋友們的眼中看來，她的主婦生活是很美好的，漂亮的房子，出類拔萃的丈夫，還有優雅美麗的她自己。

不過，兩年後的現在，芳婷卻告訴我，她正在準備離婚。

『爲什麼？』我驚訝地差點沒打翻手裡正捧著的那杯咖啡，『我以爲妳很愛他，他很愛妳，你們很快樂。』

『我確實很愛他，他也很愛我，可是，』她嘆了一口氣，『我很不快樂。』

她說，不快樂，是因爲她在兩人的關係裡，看見了自己的弱勢，而相愛並不能解決這種強弱不均的態勢。

『以前，我對他的愛裡有很強烈的崇拜，所以我們之間一直由他主導。可是，我現在卻已經不能忍受這樣的狀況。因爲他的一切條件都太好，所以他一直太自信也太自我，過去我欣賞他的這個部分，如今，我只想找回我自己的自信和自我。』

一個女人對一個男人的愛裡，一定會有崇拜的部分，然而，當女人發現自己因爲愛他而削弱了自己時，就不會欣然接受這樣的不平等關係了。

畢竟，會讓一個女人發光的，是她內在的火燄，可是一個處處聽命於男人的女人，她內在的火燄只會漸漸地熄滅。

畢竟，女人是不能把男人當成神的，因爲他若是神，妳就是服侍神的女僕。

而哪一個女人會喜歡當女僕呢？

# 被愛情虐待

被愛情虐待的女人，是對自己無能爲力的女人。

這種事情曾經發生在妳身上嗎？那個男人對待妳的態度簡直像一座冰箱，而妳卻像吸附在冰箱上的造型磁鐵一樣離不開他。

即使妳不曾有過這樣的經驗，妳身邊的女性朋友也會有。妳看著妳的朋友爲了一個不珍惜她的惡男憔悴萎頓，妳又氣又疼，又罵又勸，要她快快離開那個傢伙；她只是可憐兮兮地以淚洗面，偶爾在妳說得口乾舌燥停下來吞顆喉糖的時候，她才會幽幽地吐出一句：『可是我眞的很愛他呀。』

其實妳根本什麼也不必對她說，更不必爲她分析她在這場愛情戰役中的弱兵位置，因爲，妳要說的，她統統都知道，只是做不到。是啊，那個男人眞是爛透了，可是怎麼辦？她就是放不下他嘛。這時候的她能量之低迷，幾乎和惡鬼纏身沒什麼兩樣。

被愛情虐待的女人，是對自己無能爲力的女人。她們依靠痛苦的汁液來滋養她們的愛情，開出來的花反而更能經得起風吹雨打，但問題是那個狼心狗肺的男人並不愛惜她這朵花，隨手折了不算，還丟在腳下踹。旁觀的人往往看得氣急敗壞，不懂這女人如此委屈爲的是什麼？

在這種時候，身爲她的好友的妳只能等她自己醒過來，時間到了，她自己會走出迷霧的。

我的朋友小雨就是個好例子。她談的那場戀愛是一部她個人的血淚史，前後不過兩年的時間，她就被那個男人拋棄過五次，而每次他回來找她，都是爲了向她借錢。在這段期間裡，不管是誰勸小雨都是沒有用的，她就是愛他，就是離不開他。

可是，有一天，就好像下了兩年的大雨忽然停了一樣，小雨決定這一切到此爲止。『夠了。』這就是她對他說的最後一句話。

被愛情虐待的女人，總有一天會醒過來的，然而只能靠她自己醒過來，在噩夢沒有作足之前，任何人都無法叫醒她。但是她終究還是會醒過來。終究。

# 累壞了女人

『誰不知道應該好好愛自己，
但誰有那個法國時間嘛？』

我的朋友櫻桃說，她不想當女人了。那麼她想當什麼呢？櫻桃又說了，她想當一隻無尾熊。

『無尾熊整天只要抱著樹幹睡覺就可以了，不想睡的時候就啃樹葉，多快活！哪像我們女人，活得那麼累。』

櫻桃確實活得很累，她把她目前的人生狀態分成六大區塊，分別是：

——她的家（做不完的家事，繳不完的帳單，馬桶要通，水管

要修）

——她的丈夫（要愛他，照顧他，和他談心，陪他吃飯睡覺）

——她的孩子（要愛他們，照顧他們，和他們談心，督促他們吃飯睡覺）

——她的父母（定期上門噓寒問暖，排解婚姻疑難雜症，擔任健康督查專員）

——她的公婆（定期上門聆聽訓詞，代理烹飪與清潔工作，擔任丈夫與公婆之間的溝通橋樑）

——她的工作（處理不完的文件，開不完的會議，煩不完的人事鬥爭）

『應該還有第七個區塊吧？』我提醒她，『妳「自己」的部分沒算進去。』

『妳以為我不想把「自己」也列入嗎？』櫻桃的臉色慘白，氣若遊絲，『可是前面這六大區塊已夠我忙的，我哪有空好好愛護自己啊？』

所以櫻桃只能在這六大區塊的擠壓之下偷一點時間給自己，例如下班去買菜的路上，匆匆為自己買一條裙子；例如給小孩洗澡的時候，趁機保養一下自己的臉；例如到銀行辦事等號碼牌的空檔，趕緊讀一讀一直沒時間讀的那本書。

『這就是現代全職已婚女性的典型生活。』櫻桃雙手一攤，簡直快要哭了出來，『誰不知道應該好好愛自己，但誰有那個法國時間嘛？』

所以櫻桃只好買了一個無尾熊的布偶，在她又忙又累又亂、差不多快要抓狂的時候，假想眞正的她其實不是這個心力交瘁的女人，而是一隻與世無爭的可愛無尾熊，藉以安頓一顆焦躁的心。

『妳這樣假想，眞的能夠自我安慰？』我感到懷疑。

櫻桃長長地嘆了一口氣，沒有回答我的問題。

# 當男友有了另一個女友

在這場具有競爭性的三角關係之中，
男人早已面貌模糊，鮮明刺眼的是另一個女人。

如果與妳交往多年的男友有了另一個女友，妳會如何？

在一個純女性的聚會中，在座的四個女人竟有三人有類似的經驗。

A女說：『眞不敢相信他會看上那種女人！因爲我和他有關係，他和她有關係，結果竟然是我和她也有了關係！天啊，這種關係把我整個人生的水準都拉低了。』

B女說：『本來我和他之間已經有點低迷了，但是那個女人的出現，讓我覺得非把他贏回來不可，因爲曾經滄海難爲水呀，他就算與我分手，也萬萬不該讓那個討厭的女人代替我的位子。』

C女說：『一個腳踏兩條船的男人已經有夠可惡了，更可惡的是除了我之外，他踏的另一條船是那麼不堪！怎樣？我就是要和他硬撐下去，直到他離開那條船爲止。』

事實上，這三個女人已經不能肯定她們到底還愛不愛她們的男友，但她們非常肯定，男友絕對不能和那個女人在一起。這樣的肯定使她們充滿鬥志，非堅持到底不可。

到了這種地步，愛或不愛已經不再重要，死不放手多半是爲了賭氣，爲了消滅另一個入侵者，爲了證明自己還是最強最有魅力的，爲了尊嚴問題。堅持下去，依靠的是負面的力量。

另一個女人或許其實沒有她們認定的那麼糟糕，但是在這場具有競爭性的三角關係之中，男人早已面貌模糊，鮮明刺眼的是另一個女人；而她們在意的也早已不是愛人，而是敵人。

# 遠距離戀愛愛得下去嗎？

有一個情人在遠方，往往比沒有情人更寂寞。

如果有一天，爲了學業或是工作，妳的他必須遠赴重洋，而妳又無法與他同行，在這種狀況下，妳對你們的戀情是看好還是看壞？

雖然清朝詞人秦觀有這樣的名句：『兩情若是久長時，又豈在朝朝暮暮。』但是別忘了，他形容的是天上的牛郎與織女喔，至於一般凡間男女，可就不一定適用了。

我的朋友可麗的故事，就是個典型的例子。

可麗是那種愛情的基本教義派，只要愛上一個人，就要愛得忠心耿耿。當年她的男友在金門服兵役的時候，兩個人一個月只能見一次面，她卻展現了高難度的堅苦卓絕，在我們這群朋友中贏得『望夫崖』的謔稱。幾年之後，可麗的男友被公司派駐到美國，聚少離多又要重演，她心中儘管有一千個不願意，還是以『當年我都可以熬過來，爲什麼現在不可以』來自我勉勵，再度展現了堅若磐石一般的情深義重，帶著含淚的微笑，把男友送上了飛機。

結果你猜怎樣？不到一年，那個男人竟然在美國和別人結婚了。

這樣的結局其實一點也不新鮮，新鮮的是朋友們都爲可麗難過，她自己卻相當釋懷。『不能怪他，』她淡淡地說，『距離太遠了，久而久之，感情就淡了。』

可麗坦承，就算他沒變心，她自己都過不下去了。『當我在工作上遇到難題，或是有什麼感覺想要訴說的時候，我總是無法從他那裡得到立即的回應，畢竟我在東半球，他在西半球，我們的黑夜與白天又相互顛倒；好不容易他終於可以回應的時候，我想要訴說的心情卻已過去了。因此，我對他常常是有一堆話想說，卻不知怎麼說，到最後，只好什麼都不說。』

有一個情人在遠方，往往比沒有情人更寂寞。

『兩情若是久長時，又豈在朝朝暮暮。』這是牛郎織女的境界。

『兩情若是久長時，正是在朝朝暮暮。』這才是凡間男女的層次啊。

# 不倫之戀是一種著魔

掉進這個魔力十足的漩渦的人，
總是被一股自己也抗拒不了的力量拖著往下墜。

簡直就像『花系列』的劇情，妳的好友愛上了妳另一個好友的丈夫，然後倒楣的是妳。

因爲這個好友總在凌晨三點打電話來哭訴她的痛苦寂寥，妳只好犧牲自己寶貴的睡眠陪著她、傾聽她、安慰她，第二天再花容憔悴地去上班，倒像爲情所苦的人是妳。

而當妳碰見另一個好友的時候，又要天人交戰、內心掙扎，不知該不該暗示她她那貌似忠誠的丈夫背著她胡來的事？站在手帕交的立場，妳是不是有義務提醒她啊？然而妳又不是她丈夫外遇的對象，何必擔負破壞人家夫妻感情的罪名呢？可是如果不趁早提，若有一天不幸東窗事發了，她會不會氣妳不夠朋友都不跟她說咧？

天哪，一團亂麻，妳想到就頭痛！在這種剪不斷理還亂的僵局中，妳唯一能做的，恐怕只有閃人了。

沒錯，妳應該以最快的速度閃到一邊去。

捲入別人的感情事件，怎麼做都不對，而且往往不會有什麼好下場。尤其是在這種雙方都是好朋友的狀況下，妳連選邊的立場都沒有。

妳原先可能以爲，只要妳用力勸那個愛上人家丈夫的朋友及早夢醒，應該可以神不知鬼不覺地化解一樁噩夢般的悲劇；但是妳後來才發現，別人怎麼勸都是沒有用的，就算妳說到口乾舌燥、肝火上升，甚至拍桌動武，她還是一樣鬼迷心竅。

因爲她眞的是被鬼打到了！不倫之戀就像一種著魔，掉進這個魔力十足的漩渦的人，總是被一股自己也抗拒不了的力量拖著往下墜。這時，旁邊的人最好趁早閃開，畢竟妳拯救不了她，甚至不能給她任何安慰，只是莫名其妙地跟著在漩渦裡亂轉，轉得頭昏眼花而已。

閃開，然後默默地爲妳的兩個好朋友祈禱吧，祈禱有一天，有另一股驅魔的力量出現。阿門！這是妳唯一能爲她們做的事了。

# 妳想不想當禍水？

『把一個男人的一生掌握在手中任意玩弄，
那眞是一個女人最大的成就啊。』

當一個禍水，是許多女人共同的隱密心願。

因爲，『禍水』總是與『紅顏』連在一起，換句話說，如果沒有勾魂攝魄的魅力，也就沒有成爲一個禍水的資格呢。是呀，可不是人人都有這個條件當禍水的喲。

顧名思義，禍水當然非惹禍不可，如果沒有爲別人帶來一些災害，那還算是個禍水嗎？

像『特洛伊的海倫』那種讓一個城市淪亡的禍水，翻開古今中外的歷史，可以翻出一卡車，西施啦，褒姒啦，瑪麗安東尼啦，都是這種等級的；對於此等傾國傾城的禍水資格，一般女人並不奢求，她們希望自己惹的禍是另一種比較小規模的，例如讓兩個男人爲自己大打出手之類。

看著兩個男人爲自己爭風吃醋，那是多麼過癮的一件事啊！女人的嘴裡可能嚷著不要打了不要打了，其實心裡卻是欣喜若狂，暗想自己是多麼可愛的人兒啊，也只有禍水有這等魅力，能讓這兩個癡情男子公然做出這等蠢事。

或者，像『烈愛風雲』那部電影裡，葛妮絲派特蘿把伊森霍克整得死去活來那樣，讓一個帥哥爲自己痛苦萬分、神魂顛倒到簡直不行，也是一個令人激賞的禍水範例。

『把一個男人的一生掌握在手中任意玩弄，那眞是一個女人最大的成就啊。』我的好朋友看完這部電影之後，不勝嚮往地表示。

不過，關於當一個禍水的隱密心願，絕大部分的女人其實也只是想想而已。反正想像無罪，而現實人生還是乖巧一點兒、平順一點兒來得好。

畢竟，禍水在給別人帶來災害的同時，自己也難保不惹禍上身。

Chapter 4

# 愛情魔力眼藥水

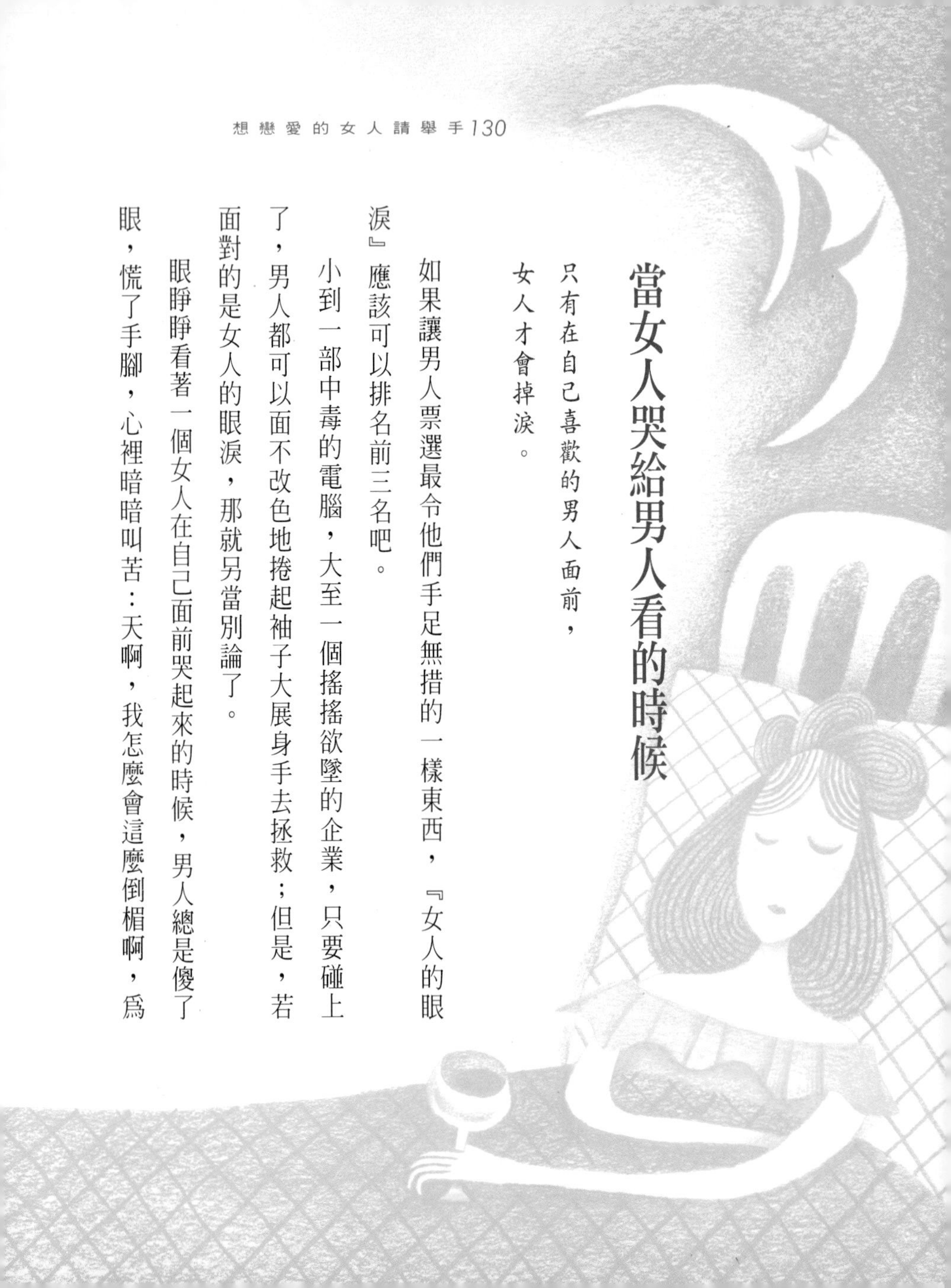

# 當女人哭給男人看的時候

只有在自己喜歡的男人面前，
女人才會掉淚。

如果讓男人票選最令他們手足無措的一樣東西，『女人的眼淚』應該可以排名前三名吧。

小到一部中毒的電腦，大至一個搖搖欲墜的企業，只要碰上了，男人都可以面不改色地捲起袖子大展身手去拯救；但是，若面對的是女人的眼淚，那就另當別論了。

眼睜睜看著一個女人在自己面前哭起來的時候，男人總是傻了眼，慌了手腳，心裡暗暗叫苦：天啊，我怎麼會這麼倒楣啊，爲什麼要讓我碰上這種棘手的狀況啊。呵，男人不了解，其實此時他的感覺應該是榮幸才對，因爲有一個女人肯在你的面前掉淚，那是一種求援的撒嬌姿態耶，也就是說，你已經被她選擇了。

選擇什麼呢？選擇做爲她情感實驗的對象。

女人的淚水很寶貴，不是說流就可以流的，只有在自己喜歡的男人面前，女人才會掉淚。這種示弱的姿勢，是經過她審慎設計與評估的，爲的是看看你做何反應。如果你竟然會笨到說：好了啦，拜託妳別哭了好不好？那麼，你將在瞬間被她列爲愛情的拒絕往來戶，因爲第一，你沒有紳士風度，第二，你不懂女人心。

一個聰明的男人在這種時候什麼話也不必說，而且其實只有一個標準動作，就是輕輕把她攬進懷裡，那就夠了。記住，是『輕輕』把她攬進懷裡，其他千萬不要多做，也不必多說。

不管她流淚的理由是因爲一部中毒的電腦，還是一個燙手的企業，她之所以在你面前哭泣，都不是要你去解決她的問題，她只是渴望有一個值得她表現眞我的人能了解她的苦惱與委屈而已，至於麻煩，她自己會想辦法去解決的。給她一個擁抱，對你來說惠而不費，卻可能是得到她的芳心的開始。

不過，當然啦，如果你早就知道這個女人對你覬覦已久，偏偏你卻對她避之唯恐不及，那就眞的是另當別論了。

# 是復仇女神還是復仇女鬼？

推動她的全是陰暗的負面能量，

所以她才會給自己製造出一連串水深火熱的災難。

從我的房子看出去，可以看見那棟燒焦的大樓，畢竟巍峨的它是這個地區的地標，很難不被看見。

也不知道怎麼回事，我住的這個小鎮多災多難到不可思議的地步，水災洶湧，火災也凶猛，如果哪一天火星人把此地當成侵略地球的首站，或是發生海嘯狂潮把這裡捲入地底成爲另一個亞特蘭提斯，好像也不是太令人驚訝的事。

住在這樣的地方，很難不讓我聯想起那種滿心熊熊燃燒著復仇之火的女人。

這種女人我認識一個，她的人生信念是『如果我不好過，大家都別想好過』，所以，每當她覺得有人對不起她，她就會想盡辦法報復，而她報復別人的手段竟是傷害自己；因此，每一個與她分手的男朋友都曾經收過她充滿怨毒與詛咒的遺書，也都曾經數次在三更半夜把她送進急診室輸血或洗胃。

西方有一句諺語是這麼說的：『愛情很甜蜜，但復仇更美妙。』然而這個女人活得顯然不太美妙，因爲推動她的全是陰暗的負面能量，所以她才會給自己製造出一連串水深火熱的災難。

當一個人的心思宛若活在地獄裡的時候，怎麼會美妙呢？與其說她是復仇女神，不如說她是復仇女鬼。

也有另一句話是這麼說的：『誰活得下來，而且誰活得好，誰就贏。』這才是美妙的復仇啊。

也許我住的小鎮這一連串水深火熱的災難也是爲了釋放它的負面能量，那麼我希望它已經徹底淨空了負面的部分，未來只有一片風和日麗兼鳥語花香，畢竟大家都想過日子，而且都想過得好。

# 乾脆分了算了

愛情這件事又不是小孩子們『你當鬼，我來抓』的遊戲。

有一個女人在男朋友的皮夾裡發現一張陌生的名片。

這沒什麼嘛，交換名片本來就是成人世界裡的基本禮貌，就算只是去買一束花，都有可能在花店裡留下名片。

那張陌生的名片上是個女人的名字。

這也沒什麼嘛，畢竟這裡又不是阿富汗，女性擁有百分之百在社會上走動的自由，也都擁有屬於自己的名片，和別人交換名片是很正常也很自然的事。

有什麼的是那個女人的疑心病竟然就因此發作了。

於是她打電話給名片上的這個女人，質問對方和她心愛的男朋友是什麼關係？接下來，就是一番兵荒馬亂的對質、崩潰、哽咽與解釋。

那個無辜又倒楣的對方，正是我的朋友芳芳。

『我只不過是和一個朋友在餐廳吃飯時遇見她男朋友，而我的朋友又剛好認識她男朋友，所以我和他才匆匆交換了名片，照面的時間前後不過一分鐘。事實上，當她問我和某某某是什麼關係時，我壓根忘了我曾經見過這個某某某。』芳芳一臉的不可思議，『只不過是一張名片！天啊，這不是很離譜嗎？』

天啊，這眞的太離譜了！只不過是一張名片，這個女人都已經假設她的男朋友可能對她不忠，這樣的關係未免也太痛苦了。

成天疑神疑鬼的人一定很痛苦，被懷疑有鬼的人又何嘗不痛苦?說眞的，如果我是那個男人，應該會以百米的速度逃離這段恐怖關係。而如果我是那個女人，更會立刻轉身走開，絕不讓自己陷溺在如此水深火熱的狀態裡。

畢竟，愛情這件事又不是小孩子們『你當鬼，我來抓』的遊戲。

畢竟，男女之愛第一要務就是信任，若是信任感已經破裂，怎麼可能愉快地走下呢?

# 分手要有禮貌

男女分手所需要的，只是愛情文藝大悲劇的層次。

所以，盡量灑狗血吧。

和男朋友分手時表現出哀傷的樣子，是女人的溫柔。

就算不是溫柔，至少也是該有的禮貌。

想想看，當兩人面對面互道珍重再見的時候，當絲絲小雨細細飄飛在他的眉心和妳的眼睫的時候，當離別的沉重氣氛像夜幕一樣重重落下的時候，如果有人噗嗤一聲忽然笑了出來，那有多損另一個人的顏面啊。

糟糕，我的好朋友阿婕竟然這麼做了。

『我不是故意的啦，可是當時的感覺眞的很滑稽嘛。』阿婕事後如此辯解，『我也知道我最該做的事情是緩緩流下兩行熱淚，但我哭不出來又什麼辦法？』

阿婕的前男友或許沒有期望她哭，然而他也萬萬沒有想到她反而笑了。這個驚愕又尴尬的男人當場受到很大的打擊，三年後仍然耿耿於懷，並揚言一輩子也不會原諒阿婕對他的羞辱。

其實關於那場分手，阿婕不是不難過，只是人生無法彩排，每一分每一秒都是正式演出，而阿婕的錯就錯在不夠入戲。

在重要的人生場景中心不在焉，沒有表現出那個角色該有的樣子，反而對發生在自己身上的事情冷眼旁觀，這屬於哲學的層次；可是男女分手所需要的，卻是愛情文藝大悲劇的層次。

所以，盡量灑狗血吧。當兩人面對面互道珍重再見的時候，當絲絲小雨細細飄飛在他的眉心和妳的眼睫的時候，當離別的沉重氣氛像夜幕一樣重重落下的時候，就像日劇的女主角那樣衝上前去抱住他的脖子，梨花帶雨般地痛哭一番吧。

那麼，他會很滿足的，也會永遠想念妳的。

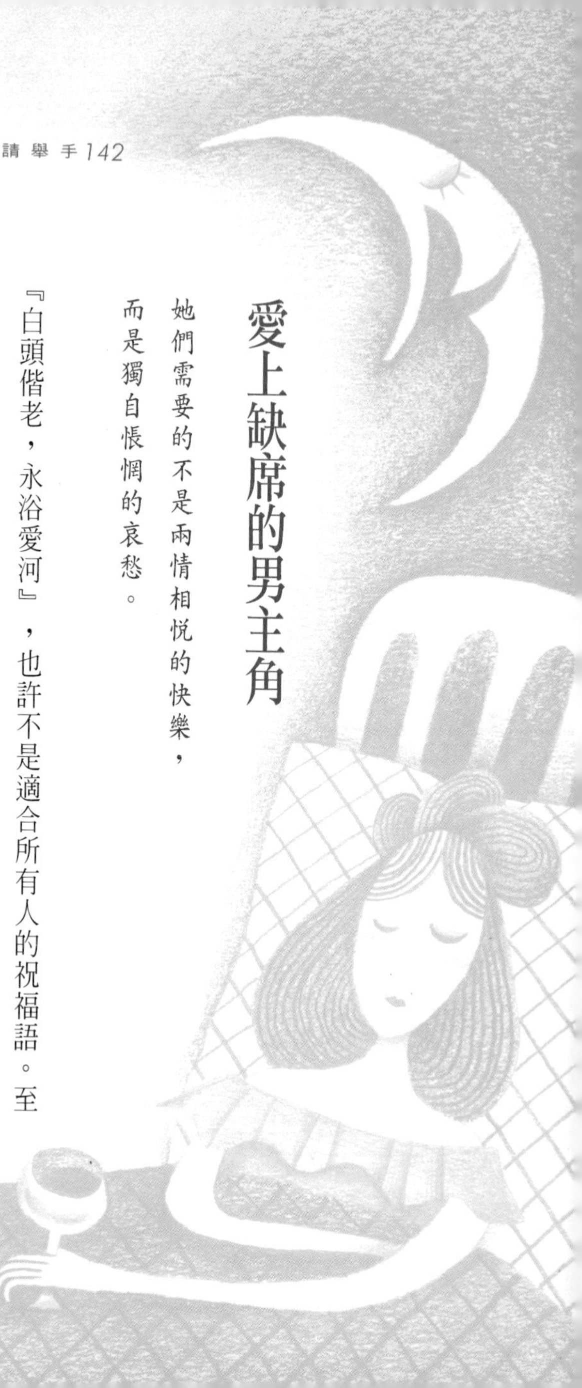

# 愛上缺席的男主角

她們需要的不是兩情相悅的快樂，
而是獨自悵惘的哀愁。

『白頭偕老，永浴愛河』，也許不是適合所有人的祝福語。至少對我的朋友依依不是。

戀愛中的依依總是有點無精打采的，而且總是不停地在質疑，身旁的這個男人眞的是她的王子嗎？爲什麼他吃麵的時候唏哩呼嚕地那麼大聲呢？爲什麼他要穿那條西裝褲配球鞋呢？爲什麼他老是喜歡看那種沒營養的警匪槍戰大爛片呢？

但戀情一旦結束，依依反而對舊情人無限懷念了起來，他唏哩呼嚕地吃麵是豪邁的表現，西裝褲配球鞋呈現了他與眾不同的風格，喜歡看警匪槍戰片是因爲他擁有一顆小男孩般的赤子之心。總是在分手之後，依依才眞正愛上那個人；總是在男主角缺了席之後，他才眞正在依依的心中佔有一席之地。

和依依一樣的女人，其實眞不少。她們需要的不是兩情相悅的快樂，而是獨自悵惘的哀愁。這份哀愁令她們頻頻回顧已逝的過往，並在其中一再享受花自飄零水自流的悲劇美感。

她們在愛的狀態裡不能安心，看見的都是對方的缺點；她們在缺愛之後反而可以放心地去懷戀舊人，想到的都是對方的優點。而這缺點和優點，其實根本是同一點。

也許你會問，到底像依依這種女人是出了什麼問題？

尼爾・唐納・沃許在《與神對話》第一集裡的這句話也許可以

回答你：『人類的天性就是去愛，然後毀滅，然後再去愛他們最珍視的東西。』

當一切都回歸到人性的角度來看的時候，也就沒什麼是非對錯可說了。

# 有離婚準備的結婚

眞的值得爲了那個不太可靠的男人
放棄自己的自由嗎？

有一個女人『終於』要結婚了。

之所以說『終於』，是因爲她從二十五歲起就想要結婚，其中並且有過多次向男友逼婚不成的血淚經驗，種種曲折三言兩語不能道盡；如今苦盡甘來，幾番分合之後，總算在三十二歲這年修成正果，花心男友願意娶她了，聞者莫不爲她欣慰。

這個女人是我的朋友玫瑰。

過去七年來，玫瑰活著的目的，似乎就是爲了嫁給那個男人，現在心願已了，玫瑰應該開心萬分才是；然而，不，相反的，自從婚期確定之後，玫瑰即陷入了所謂的婚前憂鬱症。

『狂喜的感覺只有兩天。』玫瑰愁眉苦臉地說，『就像爬山一樣，在登頂的途中，我好幾次因爲踩空，差點沒掉下山去跌得粉身碎骨；好不容易費盡力氣爬上了山頂，插下了旗幟，我卻只停留了兩分鐘就想要走人了。』

婚前憂鬱症的確和高山症有類似之處，玫瑰說，只要一想到結婚以後必須面對的一切，她就會覺得呼吸急促，氧氣稀薄，心臟瓣膜有沉重的壓迫感。

但是得到高山症大不了下山就是了，得到婚前憂鬱症卻不是走人就可以解決的。『畢竟，誰知道下一次再有結婚的機會是不是又是七年以後？』玫瑰很幽怨地表示。

眞是爲難啊。其實玫瑰還是很渴望婚姻的，但是她又擔憂婚後即將面臨的種種——公婆會不會很難伺候？小姑會不會很刁蠻？家事會不會累死人？廚房的油煙會不會把她燻成黃臉婆？生了孩子之後腰身會不會變粗？孩子會不會哪天不小心玩火把房子燒掉了？老公會不會因爲經濟不景氣而失業？另一個女人會不會忽然抱著孩子上門來要拖著老公一起去驗DNA……總之，眞的值得爲了那個不太可靠的男人放棄自己的自由嗎？如果結婚以後不幸福怎麼辦？

如此憂心度日終究不是長久之計，玫瑰最後還是克服了自己的婚前憂鬱症，而她採用的方法，竟是『可能離婚的心理準備』。

『結婚之後最慘烈的結果是什麼？不就是離婚嗎？離婚之後又如何？不就是回到自由之身嗎？既然如此，我有什麼好擔心呢？

因爲婚姻幸福而持續下去，這樣很好；因爲婚姻不幸福而結束一個錯誤，這樣也很好呀。反正人生就是一個累積各種經驗的過程嘛。』玫瑰說著，嫣然一笑，『不管結果如何，重要的是，我已經結過婚了。』

# 菜菜子進廚房

當女人爲一個男人動了眞情時，
都會柔情萬千地想要爲他做些什麼原來不會做的事。

有個綽號『青菜菜菜子』的女人爲了給她的男友一個驚喜，偷偷買了幾本食譜，偷偷學了幾道菜，然後在他生日那天一次秀給他看。

多麼感人！顧名思議，『青菜菜菜子』這名稱的由來當然是因爲她的烹飪技術太菜了，菜到淪爲朋友之間的笑柄；而今她爲了心愛的男友，願意湔雪前恥，下廚學做菜，眞是用情至深，用心良苦呵。

但是那個男人在嚐了幾口菜菜子的菜之後，竟然不肯再動筷子。更過分的是他還給她打了一個不及格的五十九分，並且說：哪一天到我家來，讓我媽好好教教妳吧。

『他怎麼可以這樣對我？』說起這樁傷心事，菜菜子哭得梨花帶雨，『那是我用「愛」當調味料做的菜啊。就算味道像漿糊，他也該吃出「愛」的感覺不是嗎？』

當女人爲一個男人動了眞情時，都會柔情萬千地想要爲他做些什麼原來不會做的事，例如從來沒編織過的女人會開始勾毛衣（嗯，冷冷的冬天裡，他被我暖暖地包圍著呢）；從來沒做過家事的女人會動手清理男友的房間（對了，還要在窗台上放一瓶玫瑰喲，這樣他在睡夢裡都能感受到我芳香的氣息耶）；從來沒製作過糕餅的女人會不辭勞苦地揉麵粉（他一定會受寵若驚吧？我就是愛看他狼吞虎嚥的樣子）；從來沒想過要生小孩的女人會渴望生一個小孩（有他的眉毛，我的眼睛，他的嘴唇，我的鼻子，還有我們共同的愛情）。

一切都是因爲愛的緣故。

而當女人這麼做了，男人卻反應冷淡時，女人那愛意滿溢、熱烈又溫柔的心，會在瞬間下降到冰點。

然後呢？喔哦，去問菜菜子的『前』男友吧。

# 如果沒有了男人

只有珍重自己的女人，
才能得到男人的尊重。

如果沒有了男人，女人還活得下去嗎？

若是一年前問小湘這個問題，她一定會說：『不。』

那時，小湘正和她的前男友要死不活地拖著，之所以要死不活，是因爲那個男人已經想走人了，可是小湘硬扯著不讓他走。

不只一次，小湘流著淚對我說：『我不能放手。沒有他，我一定活不下去的。』她對朋友哭訴的盡是那個男人的絕情，但她心裡牽扯的全是他曾經對她的柔情，這就是她放不了手的原因。

後來那個男人畢竟是脫逃成功了，而小湘也還是活了下來，可是活得躁亂而悽愴。爲了塡補心裡那個破裂的大洞，她只急著尋找一個替代前男友的人選，結果竟是一個不行，趕快再換下一個，因爲，『沒有男人，我一定活不下去的。』她說。

身爲小湘的朋友，我們都看不懂她到底在忙什麼？不停開始又結束、結束又開始地談戀愛其實是一椿很累人的事，小湘因此無心生活，荒廢工作，而她的理由是：『我不能缺少愛情，那是我自信的泉源。』

可是剛好相反，我們看見的反而是小湘的恐慌與焦慮，因爲眞正的自信應該是發自內在的湧泉，而不是依靠另一個人的甜言蜜語來塡補心裡的空洞。畢竟，只是一個逆轉，甜言蜜語就很可能變成惡言相向。

終於有一天，就像發條轉到極限終於斷了一樣，小湘忽然對戀愛失去了興致。『我想對自己證明，沒有了男人，女人還是可以活得下去的。』她說。

當一個女人不再恐慌青春的流逝，也不再焦慮是不是嫁得出去，就是她開始珍重自身價值的時候。

現在的小湘自在多了，能量也高了，她發現到生活和工作的樂趣，眼界寬了，心境也廣了，整個人就美了。前些日子，她與她那曾經絕情而去的男友在某個場合裡巧遇，從對方尷尬又熱情的態度裡，小湘很高興的證明了自己並非那種一被男人拋棄就一蹶不振的棄婦。

畢竟，只有珍重自己的女人，才能得到男人的尊重。

# 不想再當良家婦女了

『好女人往往是爲男人而活的，
現在我只想爲自己而活。』

不久前有某媒體舉辦了一個關於情婦的座談會，結果四位與會者中，有一位表示『我在生命中選擇了做個永遠的狐狸精角色』；另一位說她曾經被誤認爲職業是情婦，『當時不知是褒是貶但又很開心』；還有一位則嚮往雲南女人國的『走婚』習俗，『一輩子能選擇並擁有眾多情人』。

這眞是有意思的一個座談會，因爲以上發言的三位，分別是藝術界、學術界與藝文界的傑出女性，年齡則代表了五十歲、四十歲與三十歲的不同世代，而她們都發出了同樣的訊息：良家婦女不是女人唯一的出路，大概也不是最好的出路。

在此我不打算論定是非，所以衛道人士請不必急匆匆地扛起旗幟；我想說的只是，以女性心理而言，『不想再當良家婦女了』恐怕眞的是一股擋不住的趨勢，目前雖還不是主流，至少是一波日漸壯盛的潮流，若問這波潮流之所以形成的原因，那需要一本博士論文的篇幅，在此也就省略了吧。

說眞的，當一個良家婦女的風險其實滿大的，因爲良家婦女的美德是從一而忠，問題是那個『一』也對女人從一而忠的比例大約只有百分之一，所以，良家婦女在婚姻裡面臨的狀況常常是感情天平的嚴重傾斜，而且這份傾斜往往伴隨著金錢支配的不自主、個人行動的不自由等等。於是，女人不免要黯然神傷，這眞是何苦來哉？

我的好友柔柔從小就是校園榮譽榜上的模範生，婚後也矢志要當一個模範家庭主婦，為此她還放棄了自己喜歡的工作，誰知後來她的丈夫卻為了一個『道德上的劣等生』（她的形容詞）而離開了她。

柔柔說她這下才恍然大悟，『當學生的時候，努力用功就能考得好分數，但婚姻這件事，卻不是努力經營就能拿到一張漂亮的成績單啊。』柔柔還說，她已經不想再當好女人了，『好女人往往是為男人而活的，現在我只想為自己而活。』

張愛玲有一句名言是我背得滾瓜爛熟的，她說：『好女人總是把壞女人罵個半死，但如果讓這些好女人有機會嘗嘗做壞女人的滋味，沒有一個不躍躍欲試的。』

那是三〇年代的上海呀，而在七十年後的現在，眞是證明了張愛玲的一針見血。

# 與舊情人見面

女人在意的其實不是舊情人，
而是舊情人眼中的自己。

據一項非正式的統計指出，有百分之八十的女性無意與舊情人再續前緣，卻有百分之九十七的女性一想到可能與舊情人見面，就會心跳加快、血壓上升，整個人霎時處於熱戀一般的亢奮狀態。

好久不見，不知道現在的他是什麼模樣？濃密的頭髮開始稀疏了嗎？平坦的小腹開始凸起了嗎？女人一邊感嘆著時光荏苒，欷歔著歲月不曉得會把一個曾經俊美的少年折騰成什麼德行，一邊下意識地拿起鏡子，嚴密掃瞄著自己臉上的每一個細節。

喔，眼角好像有一點魚尾紋了。喔，臉頰好像有一點缺水。

喔，這額頭上的細痕是怎麼回事？女人幽幽想起好久以前的自己，那個明眸皓齒的清秀小佳人，啊，自己留給他的就是當年那清純美麗的印象吧？如果現在再見面呢？他將有什麼感覺？他是不是會感嘆著時光荏苒，欷歔著歲月把一個曾經甜美的少女折騰成一個彷彿歷經滄桑的婦人？

女人想到這裡已經心跳加快、血壓上升，整個人亢奮到支持不住，立刻決定上街去尋找女性雜誌上介紹的昂貴的神奇換膚霜，並順便報名減肥班和做臉俱樂部。

這一切，只是爲了下個月的大學同學會，要讓聽說也會出席的昔日男友見了更成熟有魅力卻依然年輕美麗的自己，惱恨當年沒有好好把握這段感情；雖然女人自己對於那段感情，早就不放在心上了。

畢竟女人在意的其實不是舊情人，而是舊情人眼中的自己。

# Chapter 5
# 相愛的時候到了

# 戀愛是專治懶病的特效藥

她們的懶病並不嚴重，
只要談一場戀愛，應該就能治癒。

日本大阪市的Y小姐，長相酷似松嶋菜菜子，左看右看都是美人一名，但她住的地方卻髒亂到最高點，臭氣四溢的垃圾塞滿屋子不說，還蔓延到門外的走廊，荼毒她的鄰居，最後終於被公寓管理人驅逐出境。但Y小姐搬到新住處一樣依然故我，繼續不整理房間也不倒垃圾，每天過著與蟑螂同居的日子還怡然自得。

類似像Y小姐這種『出門是美人，關門是懶人』的女性，據說在日本還眞不少，想來在台灣也不乏這種讓媽媽憂心的懶惰女孩。其實她們的懶病並不嚴重，只要談一場戀愛，應該就能治癒。

因爲，戀愛有著讓懶人勤奮起來的功能。

例如說我的朋友阿婕，單身的她總是懶洋洋的，髒衣服可以十天半個月不洗，髒地板也可以十天半個月不掃，到她家去，就看見她頭上挽根筷子、身上套著一塊類似抹布的袍子、手上還抱著一桶洋芋片賴在沙發上看電視，那副邋遢到不行的模樣，簡直就是個沒有丈夫的黃臉婆。

可是只要阿婕一談起戀愛，就立刻判若兩人，家裡馬上變得窗明几淨，餐桌上還會插一把玫瑰，至於她本人，不僅天天裝扮得花枝招展，甚至連內衣都完美無暇。

爲什麼會有這番改變？『以備不時之需嘛。』她會悄悄地告訴你。是啊，因爲男朋友隨時可能會到她家來看她，因爲從她的冰箱到內衣都可能是她在他心目中加分的項目。

所以，若是想讓你的女性朋友從懶惰中振作起來，就介紹一個男朋友給她吧。戀愛是專治懶病的特效藥。

# 哪一種男人最迷人？

力量，是男人最能折服女人之處。

幾個女人在聊天，談論男人身上的什麼地方最吸引人。

葳葳說：『我最喜歡看男人開車時的手臂，那種有力的線條眞迷人！』她得到了熱烈的迴響。

童童說：『我最喜歡男人專心工作時的樣子，那種認眞的表情會令我心折。』她也贏得了所有女人的附議。

然後大家一致同意，最不喜歡那種肉肉的男人，看起來既懶散又不做運動。『顯然能量很低，根本不值得和他在一起。』小如說。

小如這句話眞是切中要害。女人不會欣賞那種好吃懶做的男人，他們通常連自己都放棄，怎麼可能給女人安全感？

從一雙開車時筋肉畢現的手臂，女人看見了其他的畫面，她看見這個男人爬上她和他未來的屋頂去拴牢天線，看見他在風雨飄搖中依然緊緊爲她和他未來的孩子撐著那把保護的大傘。

從一副工作時認眞專注的神情，女人則看見了這個男人昂揚的志氣，看見他在前途上的無限發展。

力量，是男人最能折服女人之處。

但女人欣賞的是一種內斂的、蓄勢待發的魅力，可不是粗魯的蠻力。所以，男人其實不必炫耀自己的拳頭，更不必迷信自己的尺寸。

那麼，女人會在乎男人的外表嗎？

當然會，可是女人看的是整體的感覺，而不是局部的優劣。舉個例子，女人不會說：『哇，他的眼睛好大好漂亮哦。』可是女人會說：『嗯，他有一種深刻的眼神，那種深刻就像他的個性，好有男人的味道哦。』

男人的味道？對了！這就是男人最令女人心折之處。

# 男人是女人的最大話題

那個美好萬分但不知道在哪裡的男人，
是芳心寂寞的女人們最津津樂道的話題。

男人豁在一起的時候大部分都在談什麼呢？我猜，應該是女人吧。

那麼，女人膩在一塊兒的時候又在聊什麼呢？不必猜了，就是男人。男人是女人的最大話題。

不過，男人談的應該是『實體』的女人。從臉蛋到小腿，從A女B女C女到X女Y女Z女，一一比較之賞析之，不亦樂乎。

可是女人聊的，常常卻是『假想』的男人。所謂『假想』，就

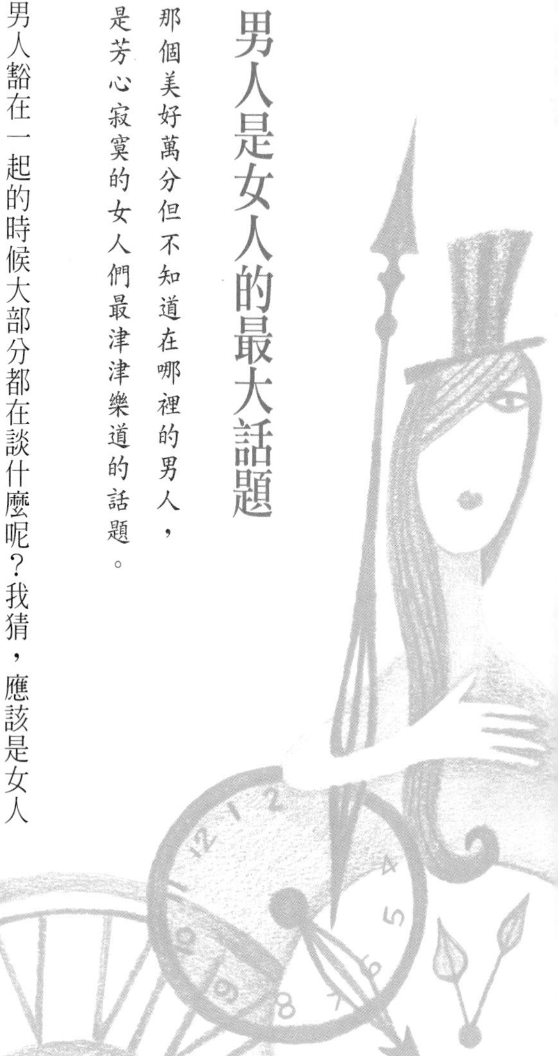

是『理想中應該活在地球上的某處但現實中從來都沒有碰到過』的意思。

也不知道爲什麼，我的朋友裡多的是那種美麗聰明卻芳心寂寞的女人，她們並不是沒人追求，而是追求者中沒有能讓她們稍稍動一點點心的人。

有時候，也有那種看起來不錯的男人，然而對方並沒有追求她。經她明察暗訪一番之後，才聽說他是個ＧＡＹ。

要不就是，這個看起來不錯而且也確定不是ＧＡＹ的男人，終於對她展開一些追求之意，但與他單獨相處不到十分鐘，女人就無聊到想回家去擦地板了。因爲，這個男人眞的只是『看起來不錯』而已，一開口就大錯特錯。

所以，這些美麗聰明但芳心寂寞的女人聚在一起的時候，那個美好萬分但不知道在哪裡的男人，就成了她們最津津樂道的話題。

看過『紫屋魔戀』那部電影嗎？三個女人談論著她們理想中的男人，結果眞的把一個綜合三女期望的白馬王子從虛幻中談論出來了（雖然傑克尼克遜的王子形象有點好笑），哎呀哎呀，這是女人的美夢呀。我猜這部電影的編劇肯定是個女人，不然怎會如此了解女人的夢想與失落？

未曾放棄夢想但是一直處於失落狀態的女人還眞多，可是怎麼辦呢？就是沒有那種令人怦然心動的男子出現嘛！套一句我的一個女性朋友說的話，『所以，女人只能無言地望向天邊。』

# 小女人變身小女嬰

絕大部分的女人一旦陷溺在愛情裡，
自然而然就回到了幼童時期。

在戀愛中把自己『嬰兒化』，是所有女人都拿手的本事。我的一個原本獨立自主又智勇雙全的好朋友在沒有男朋友之前，一直都活得好好的，但自從她談起戀愛之後，所有的美德便全毀了。

以前，她只要看見蟑螂就會拿起拖鞋面不改色地連番追打，現在呢，她卻只會站在原地尖叫，直到她的男友替她把蟑螂趕走爲止。以前，她下了班會自己搭公車回家，現在呢，如果她的男友臨時有事不能來接她，她就手足無措到簡直不良於行的地步。

沒錯，她已經完全把自己『嬰兒化』了。

不過她當然不是什麼特例，絕大部分的女人一旦陷溺在愛情裡，都是如此這般，不必媽媽教，自然而然就回到了幼童時期。

女人喜歡被強壯的男人保護，喜歡像個小女孩般地賴在男人的懷裡撒嬌；剛好男人也喜歡保護柔弱的女人，喜歡女人像個小女孩般地賴在自己的懷裡撒嬌。被疼愛的這一方覺得自己是個可愛的小女人，疼愛人的那一方覺得自己是個威猛的大男人，雙方因此都沾沾自喜，陶醉不已，這正是愛情的魔力之一。

然後，一些當事人自以爲甜蜜萬分、旁人不小心聽見卻只覺肉麻至極的暱稱就因此而生，例如『小寶貝』、『小乖乖』之類的；只要談過戀愛的女人，對於這類的暱稱一定都不會陌生，而且還會欣然接受，因為女人總以為被一個男人嬌寵地叫做『小寶貝』或『小乖乖』，也就同時被賦予了在他面前驕縱的權利，這可是女人最引以為傲的特權啊。

所以話說回來，對女人而言，如果不能把自己嬰兒化，那麼，戀愛還有什麼樂趣呢？

# 談戀愛不是上教堂

男人女人在一起如果不發生一些以荷爾蒙爲元素的化學變化，那怎麼能算是在戀愛呢？

有個女人和她的男朋友分手了，理由聽起來很奇怪，竟然是因爲那個男人太好了。

那個男人眞的很好，儀表一流，文質彬彬，學經歷優良，是個各方面都沒有問題的模範青年，但是對他的女朋友來說，他的問題可大了。

『妳相信嗎？我們交往了三年多，他只有牽過我的手。』她說著都快哭了。『最熱情的時候，他竟然也只是親吻我的額頭。』

確實不可思議。三年耶，又不是三個月。這個男人我也認識，所以我找了一個機會問他，爲什麼都三年了，對待女朋友還停留在明末清初的年代？

這個因爲遭逢失戀而痛苦不堪的男人很無辜地說：『我尊重她呀，這有錯嗎？』

我只能告訴他，他眞的太不了解女人了。這是談戀愛耶，又不是上教堂！

女人不會喜歡眼中只有性的男人，可是女人更不會喜歡對她不感興趣的男人。

女人不一定需要性的本身，卻很需要性的親密感。

男人女人在一起如果不發生一些以荷爾蒙爲元素的化學變化，那怎麼能算是在戀愛呢？一開始，女人可能會欣賞男人的君子風度，但時間久了，女人會懷疑，是不是因爲自己沒有女性的魅力，所以男人對她才禮貌過了頭？

而『沒有女性的魅力』這種懷疑對一個女人來說，是很可怕的毒素，那會侵蝕一個女人的自信。

兩性之間的神奇魔力，就在於對方的肢體、言語和眼神肯定了自己對異性的魅力。女人想從男人身上尋求的，無非就是這種肯定，那關係著一個女人的自信問題。一個充滿親密感的擁抱，往往就勝過一切。

可是女人不會輕易告訴男人這一點，因爲那也關係著一個女人的自尊問題。

而自信與尊嚴，往往更大於愛情。

愛情的進展一如歷史的進展，活在明末清初的男人們，請抬頭瞧瞧牆上的日曆，看看現在的年代吧。

# 誰在玩猜心遊戲？

當女人玩起這個遊戲的時候，男人常常都是在狀況外的。

有個女孩在過生日之前，她的男友問她想要什麼生日禮物？她很溫柔地表示什麼都不要，只要他陪著她，就是最棒的禮物。

『結果，他竟然眞的什麼東西都沒有送我！』她睜大了眼睛，『難道他不懂，我說什麼都不要只是我對他的體貼嗎？』她的意思是，他還是應該送她一份禮物，這才表示他對她也有對等的體貼。

許多女人對她們的男友或丈夫也有相同的要求，『別管我嘴巴裡說什麼，重要的是，我的心裡在想什麼。』女人們總以爲，男人若是眞的愛她，就該明白她沒有說出口的心意。對女人而言，猜心遊戲是愛情裡的必要考驗。

事實上，很少有男人搞清楚女人正在玩猜心的遊戲；可以這麼說，當女人玩起這個遊戲的時候，男人常常都是在狀況外的。

事後，男人往往會覺得無辜，『是妳自己說不要生日禮物的，我不是已經照妳的意思去做了嗎？』對男人而言，答應女人的事一定要做到，這才是體貼的表現。

女人面對感情的時候，天性裡會有濃厚的迂迴曲折成分，但男人通常很難明白女人的口是心非，因爲男人的心思直接，對感情的態度像孩子一般單純。

所以，他猜不透妳朦朧的心，和他的大腦有關，和他的荷爾蒙

有關，卻和他的愛不愛妳完全無關。

用猜心遊戲來考驗他對妳的眞心，就像要一隻鳥理解一條魚一樣困難。

因此囉，當下回他再問妳想要什麼生日禮物的時候，記住，實話實說就對了。

# 失戀過的女人請舉手

因爲失戀而失去了自己，
這才是最嚴重的傷害。

失戀過的女人請舉手。

好，顯然大家都有這種經驗。那麼，曾經因爲失戀而痛不欲生的女人請舉手。

ＯＫ，顯然大家失戀時的狀況都差不多。可是爲什麼失戀時會那麼痛苦難當呢？

妳一定想過這個問題。但是，妳眞的想清楚了嗎？

妳曾經以爲妳的痛苦是因爲失去了對方，眞的是這樣嗎？

其實，失去對方並不眞的那麼嚴重，畢竟在遇到他之前，妳也一直活得好好的，沒有理由在他離開妳之後，妳就軟弱得活不下去。

只因爲他的離去摧毀了妳的自信，才讓妳傷心抓狂，讓妳難過崩潰。

換句話說，讓妳失戀的那個人是誰根本不重要；重要的是，妳的內在是不是夠堅強？是不是可以捱得過這場失戀風暴？

每個女人在戀愛的時候，都會覺得自己是世界上最可愛的女人，愛情的神奇魔力，便在於讓人充滿了自我陶醉的價值感。而一旦愛情不再，首當其衝的恐慌就是覺得自己不可愛了，自我價值被否定了。

於是，曾經因愛而飽滿的自信瓦解了。

然後，生命的能量漸漸消失了。

終於，內在的火花慢慢熄滅了。

這樣的女人，是魅力盡失的女人。就算妳長得美若天仙，看起來也像蒙塵的古畫一樣黯淡無光。

其實，一個不再愛妳的人離妳而去，妳應該為自己慶幸的，畢竟一切好壞都已結束，他也沒有機會再傷害妳了。

因為失戀而失去了自己，這才是最嚴重的傷害。

結束一段感情，往往只是結束一個錯誤。因為結束這個錯誤而否定自己，是開始另一個錯誤。

女人的價值才不會因為一個男人的存在而存在呢，就算他是布萊德彼特或木村拓哉或金城武或威廉王子，那又怎樣？還有誰會比妳自己更重要？

# 何必誇耀異性緣

如果妳還要在同性面前沾沾自喜自己的異性緣，那簡直是在姐妹情誼這條路上自尋死路。

女人之間也可以肝膽相照——只要妳別在另一個女人耳邊炫耀妳的異性緣。

異性緣若優，同性緣就劣，被同性排擠的白雪公主和灰姑娘都可以告訴妳這個道理。如果妳還要在同性面前沾沾自喜自己的異性緣，那簡直是在姐妹情誼這條路上自尋死路。

妳該知道，男人看女人和女人看女人絕對有很大很大的差異，所以當妳在女人面前誇耀妳的異性緣時，百分之九十九點九九九的女人腦海中所浮現的第一個想法一定是：『拜託！眞的還是假的？』第二個想法則是：『天啊！她有妄想症嗎？』

就算妳是實話實說，就算妳只是想和好友分享妳的喜悅，但結果很可能適得其反，不但沒有人爲會爲妳鼓掌，反而會被懷疑妳在撒謊，眞是何苦來哉？

所以，何必在妳的好朋友們面前炫耀妳對男性的魅力呢？這種事自己知道就好了。王維不也說了：勝事空自知。

當然啦，也有那種乏人追求卻幻想自己是宇宙無敵超級大美女的人，捕到風就是雨，覺得每個男人都對自己有好感。大家都同意夢想無罪，只要自己高興，其實也沒什麼不對；錯的是把個人幻想掛在嘴邊說個不停，徒然淪爲別人茶餘飯後的笑柄，這又何苦來哉？

深獲男性青睞是一樁快樂的事，因爲女性氣質的部分被肯定了，但女人的價値並不建立在追求者的多寡上；是的，這裡就說到重點了——一個眞正從裡美到外、眞正有自信的女人，是不需要用誇耀自己的方式來過日子的。美女們切記切記。

## 戀情和平轉移

與上一任情人和平的分手，
是下一樁戀愛安全的保障。

當妳感到戀情已遠，與他的關係進入苟延殘喘階段時，妳會與他一刀兩斷再開始新的戀情，還是有了新的戀情再與他一刀兩斷？

我的朋友茉莉正面臨著這樣的狀況。而她說，她當然得先找到備胎，才能把漸漸漏氣的壞輪胎換掉，『車子雖然暫時不能上路，但總要有輪胎撐著呀。』她說。

如果以車子來比喻，茉莉的這段感情確實已經很難再發動了，她和她的男友甚至連吵架都沒氣沒力，『我們之所以還這樣要死不活地拖著，是因為我們都在等著某個第三者出現，來打破目前的僵局。而我覺得，我的勝算比較大，那個第三者應該是個男的。』茉莉嘆了一口氣，又說：『眞希望那個人趕快出現呀，那我就可以從這種要死不活的狀態裡脫身了。』

聽起來這段戀情已經像秋天的落葉一樣乾枯，再下去只是腐爛而已，既然如此，何不乾脆分手算了？

『是啊，我和他一定會分手，所以我正在等待外力入侵嘛。』茉莉說。

其實是自己可以做主決定的事，爲什麼要等待外力入侵呢？當兩人還有牽扯時，第三者的出現只是把狀態複雜化而已，因爲那會形成『腳踏兩條船者、橫刀奪愛者、受害者』的三角關係。

本來可以是乾淨俐落的分手，雲淡風輕的分手，卻在這種角力之下，成了淚水和巴掌齊飛的局面。再說，還不一定分得了手。就算終於分了手，新開始的這段戀情也會籠罩著一層陰影，以後兩人吵架時，這個陰影必定是互相指控的理由之一。

那麼，這是何必？而且何苦？愛情的本身已經夠複雜了，爲什麼還要惹事生非？

與上一任情人和平的分手，是下一樁戀愛安全的保障。戀情和平轉移，才不會有交接不清不楚的困擾。

所以，聰明的女人啊，爲了別給自己惹麻煩的緣故，妳還是與他一刀兩斷之後再開始新的戀情吧。

# 誰不想當公主？

在愛情裡的女人，誰不想當公主？

被服侍，被尊重，被崇拜，被寵愛。

有個女人一臉笑意地描述和未婚夫一起去拍婚紗照的經驗：『他一直傻傻的看著我，不敢相信我眞的要嫁給他了。即使是攝影師要他看著鏡頭，他都無法把視線從我臉上轉開。』她說在未婚夫的心目中，她是世界第一美人；這也是爲什麼與他交往六年，她從無二心的原因，『畢竟，除了他以外，還有誰會這樣將我視若珍寶？』

這個男人眞的滿厲害的，很了解女人的心理，不管他心裡是不是眞的認爲自己的未婚妻美如天仙，至少他讓她覺得，她是公主。

在愛情裡的女人，誰不想當公主？被服侍，被尊重，被崇拜，被寵愛。有一個自己喜歡的男人把自己當成公主，那會讓女人覺得自己很尊貴，很可愛，很獨特，很有價值。

另一個一樣厲害的男人總是對他的女友說：『妳是我的美夢，和妳在一起的每一分每一秒，都是我的美夢成眞。』要不然就是：『我並非王子，上帝卻把一個公主賜予了我。』更感人的還有：『只要我的公主陪在我身旁，我就有了屠龍的勇氣。』請注意，以上都不是情書裡的句子喲，都是他用眞摯、深情的眼神凝視著她而說的喲。

後來這個男人變心離去之後，這個女人竟然無法恨他，因爲兩人作夥的時候，他眞的對她非常非常好，再說，還有誰能像他一樣看著她的眼睛說著那些甜言蜜語呢？那會讓女人感動一輩子的。

畢竟女人是聽覺型的動物，只要是好聽的話，怎麼聽都聽不厭。

而且，喜歡被讚美，需要被珍重，正是公主的特質之一呀。

# 美人真的開心嗎？

英雄失去江山之後，美人眞的開心嗎？

爲了心愛的女人辛普森夫人，溫莎公爵放棄了英國王儲的王位，成就了歷史上最著名的『不愛江山愛美人』經典事件。

而我總忍不住要很掃興地想，英雄失去江山之後，美人眞的開心嗎？

辛普森夫人其實並不美，但她應該有一種極爲獨特的魅力，否則溫莎公爵不會爲了她而放棄整個英國。而她又爲了什麼愛上公爵呢？當然，他溫文儒雅，他品味出眾，他學識淵博，這些特質或許都很迷人，但是不是也因爲他是下一任的英國國王，所以才對她特別有吸引力呢？那麼，當他宣佈放棄王位的繼承權時，她會不會其實失望透頂卻不得不故作從容？畢竟全世界的眼睛這時都盯著她看，形成一種集體監視，使她連變心的權利也沒有，所以只好強掩失落地陪他把這齣歷史大戲繼續演下去。

不過不管怎麼樣，至少他還保留了公爵的身分，還是個舉足輕重的人物，所以他們的故事才能成爲佳話。如果他連公爵的身分也放棄，我想，這個故事的結尾就得改寫了。

我朋友的朋友A女正面臨著類似辛普森夫人的處境。

並不很久以前，A女還瘋狂地愛著那個有婦之夫，把她自己的人生搞得一片腥風血雨，可歌可泣；可是，等到那個男人眞的和妻子離異，並把所有的財產都歸給妻兒之後，A女對他的愛戀卻像陽光之下的迷霧一樣，悄悄消散了。

『她說，她愛的是以前那個意氣風發的他，可不是現在這個孑然一身的委頓男子。她還說，他把房子、車子、基金和存款都給他前妻這件事做得太笨了，而她不能忍受自己和一個智商不高的男人在一起。』我的朋友說。

是呀，會落在A女的手裡，顯然那個男人本來就不太聰明。

總之，這個故事告訴我們，浪漫是有條件的，不愛江山愛美人，美人可不見得會領情呢。

# 寵她從暱稱開始

一個親暱的、充滿了憐愛之感的名字，
常常輕易就擄獲了女人渴望當小女孩的心。

在經典日劇『長假』裡，有一幕戲是女主角南流著淚對攝影師杉崎說：一直都是被『老姊，老姊』地叫著，只有你叫我『小南』，聽到你這麼喊我，感覺上好像又變成了小女孩，又重新有了撒嬌、任性的權利。謝謝你……說著說著，南已泣不成聲，杉崎也順利地得到南的芳心。

所有搞不清楚女人到底要什麼的男人，都應該來看看這幕戲。

女人有時候很簡單，要的不過是一種受寵的感覺；而一個親暱的、充滿了憐愛之感的名字，常常輕易就擄獲了女人渴望當小女孩的心。

我有個六十幾歲的婆婆長輩，她的暱稱是『小妞兒』，當然，這個寵名是她那七十幾歲的丈夫的專利。每當聽見他用鄉音在人前人後這麼喊她，我這婆婆長輩的臉上就會泛起少女一般的喜悅與嬌羞，而他們身旁的人也總是會感染到兩人之間那種不因歲月而改變的輕憐蜜愛。我覺得他們眞是可愛極了的一對。

也常聽到男女朋友或夫妻之間粗聲粗氣、連名帶姓地呼喊彼此，但我總不免猜測，他們私下相處時，應該有非常肉麻也非常甜蜜的暱稱吧，不然感情是怎麼維持下來的？

我這裡蒐集了一些既肉麻又甜蜜的寵名，提供大家參考：小蘋果、小星星、小心心、小屁股、小魚兒、小貓咪、小花朵、小百合、小奴隸、小賤人、小妖精、小惡魔、小藥丸、小背包……瞧，都是『小』字輩的，因爲女人都喜歡被當成小心肝一樣地對待啊。

所以囉，聰明的男人注意了，如果你希望和她的感情更如膠似漆，就給她一個寵溺的名字吧，不管她是三十歲的男人婆也好，六十歲的老婆婆也好，對於『小南』或『小妞兒』之類的暱稱，她都會欣然接受的。

# 穿得漂亮等於過得好

如何對抗這千瘡百孔的人生？
最快的方法就是換上一身讓自己賞心悅目的衣服。

我的許多女性友人都喜歡日劇『大和拜金女』，不說劇情，僅僅是看女主角松嶋菜菜子那服裝表演似的漂亮衣裳就夠精采的了。

對於女人來說，美麗的衣裝總是令人心生愉悅，就算是穿在別的女人身上，看了也會覺得高興。

每個女人在小時候都玩過紙娃娃，我自己還是個小女生的時候，就擁有滿滿一餅乾盒子的紙娃娃衣服；給紙娃娃穿漂亮的衣

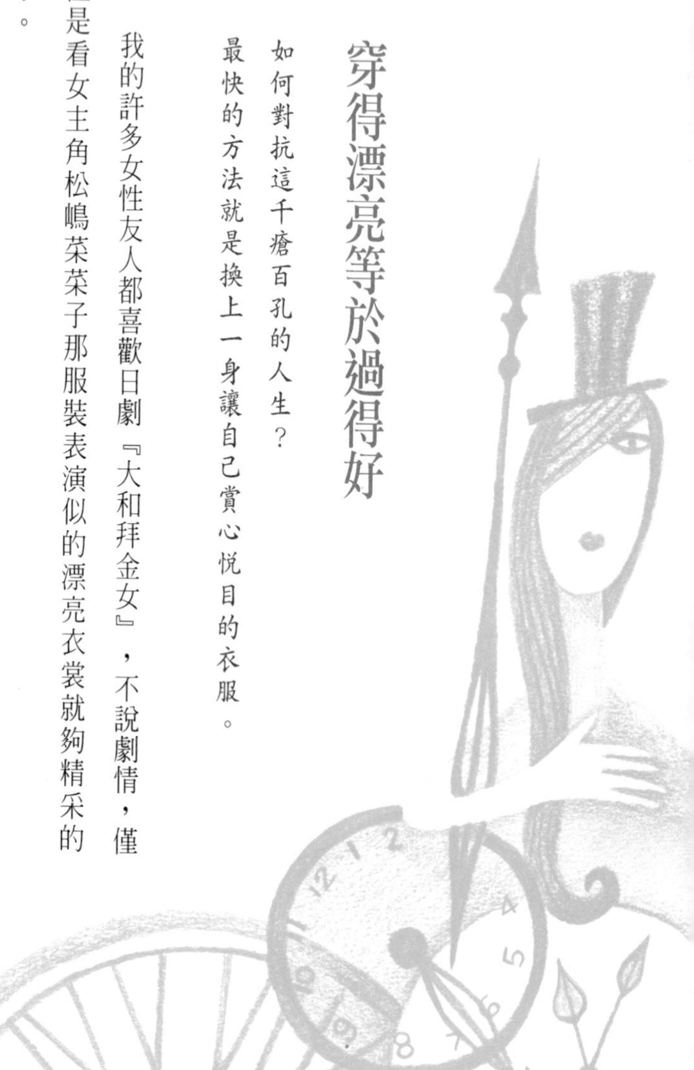

服，滿足了小女孩對美的慾望。而且小女孩還會給自己的紙娃娃編造身世，不用說，當然一定是公主或富家女之流的。『紙娃娃穿衣服』不是小女孩的遊戲而已，它並且是女性對自己未來理想人生的模擬。

女人對漂亮衣裳的喜愛，與生俱來。從某種角度來說，衣服之於女人還有療傷止痛的功用呢。

例如說我的朋友茉莉，當她心情愈爛，穿的衣服就會愈美，『因爲這樣可以振奮我的心神，站在鏡子前看著自己的時候，我會覺得至少自己的外表很撐得過去，一切其實並沒有那麼糟糕。霎時，我又會充滿了希望。』

還有詩詩，和男友分手之後的她，每天都裝扮得像要去赴威廉王子的盛宴一樣美麗，『誰知道我和前男友會不會不期而遇？如果讓他看見我穿了一身灰灰舊舊的衣服，他一定會以爲我是因爲傷心過度才形容憔悴。不，我何必讓他暗爽？我要穿得漂漂亮亮的，讓他知道沒有了他，我過得更好！』

是呀，如何對抗這千瘡百孔的人生？最快的方法就是換上一身讓自己賞心悅目的衣服。

童話裡的灰姑娘只要穿上了漂亮的衣服就會變成公主，我認爲這個故事在某種程度上算是很符合眞實人生的，因爲對許多女人而言，只要穿得漂亮，就等於接近了幸福。

# 不是唯一就免談

只要自己是他眼中唯一的女人，
就算他比美洲虎還兇暴都可以忍受呢。

當一個女人愛一個男人的時候，她可以忍受他對她不好，但絕對無法忍受他對另一個女人比她好。

就像我的朋友小夏，她的男朋友是個沒耐心的人，動不動就對她大吼小叫，常常看得旁人驚心動魄，也不免為小夏抱屈。可是小夏自己並不以為意，反而勸大家不要對她的男友有成見。

『他的個性就是這樣嘛，有情緒就會立刻發作，這樣的人生態度才健康不是嗎？我又是他最親近的人，他不對我發作，對誰發作？如果在我面前，他都不能表現最眞實無僞的他自己，那我們的感情才是岌岌可危呢。』一席話說得旁人啞口無言，若還要再多嚼什麼舌根，就眞的是不識相了。

從此，小夏不再只是小夏，而是『堅貞的小夏』。

但是，最近『堅貞的小夏』終於也對她的男友大吼大叫了，因爲她男友的一個女同事以兩人住得很近爲理由，要求他上班『順便』去接她，下班再『順便』送她回家，而他竟然也答應了。

『他說那只是一個普通的女同事，要我別想太多。見鬼了，我能不多想嗎？可惡！我是他最親近的人，他不對我好，反而去對別的女人好，這種男人我不要了！』看來，一向對男友溫柔到不行的小夏，這回是去意甚堅。

當心愛的男人對自己態度惡劣時，癡情的女人總是會爲他編織理由說服自己，例如『他心情不好嘛』，例如『他的個性就是這樣囉』，例如『他對我發脾氣也是一種愛的流露啊』；只要自己是他眼中唯一的女人，就算他比美洲虎還兇暴都可以忍受呢。甚至有時候，他的壞脾氣還會被她解釋成是『男子氣概的展現』。

然而，如果女人一旦驚覺男人其實也可以好好對待女人、只是對待的是另一個女人時，那麼，一切也就到此爲止了。

而且，過去愈是堅貞的女人，離去的心意也愈是決絕。

【後記】

# 男人女人幸福快樂

很久很久以前，當男人女人還不是這個地球上最強的生物時，男人的工作是帶著石斧和狼牙棒出去狩獵野豬，女人的工作是留在洞穴裡維護火種不滅。

經過漫長的幾百萬年，直到現在，這種情形還是沒有太大的改變，只不過男人出征的戰利品從野豬進化成了薪水，而女人維護的核心從火種異變成了家事。因為長期以來分擔責任上的男女有別，所以造成了大腦結構上也男女有別。

有別，別在哪裡？這個問題恐怕一百萬字也解釋不完。不過，男女之間最主要的不同，大概就在於男人傾向於往外開發（出發去狩獵），女人則傾向於向內探索（留在洞穴裡）。

因此男人就成了目標取向的動物。

他看見，他征服，他做任何事都有一個確定的目的。他以工作職銜、社會地位、薪水高低來和其他男人比較，就像遠古時代的男人比較誰打的野豬更大隻一樣。這種比較會讓男人夜不成眠，因爲不如其他男人是一樁很可恥的事。

所以男人最怕失業。男人的成就感來自工作。

男人是工作順心，愛情才會順利的那種人類。

女人卻渴望建立親密關係。

她等待，她守候，她做任何事心裡都有一個寄託的身影。她以有沒有愛的對象、以及這個對象愛不愛她來確定自己存在的價值感，就像遠古時代的女人確定火種沒有熄滅一樣。當這種價值感無法確定的時候，女人會像失去水份的花兒一樣處於枯萎狀態。

所以女人最怕失戀。女人的成就感來自愛與被愛。

女人是感情順心，工作才能順利的那種人類。

於是，我們會聽見男人這麼說：『我拚命工作都是爲了妳啊，我還不是爲了要給妳更好的生活。』

男人沒有說出口的是：妳沒看見我的努力嗎？我希望妳能感謝我所付出的努力。

於是，我們又聽見女人這麼回答：『我需要你的時候，你在哪

裡？與其說你愛我，不如說你更愛你的工作。』

女人沒有說出口的是：你沒看見我這麼寂寞嗎？我希望你能好好抱抱我。

所以你就抱抱她吧，而妳，就溫柔地謝謝他。從此你們就能幸福快樂地一起過下去。

國家圖書館出版品預行編目資料

想戀愛的女人請舉手 / 彭樹君著； -- 初版. -- 臺北市：皇冠，2002　民91〕面；公分.
--（皇冠叢書；第3171種）（Tea Time；1）
ISBN 957-33-1856-3（平裝）
855　　91002003

皇冠叢書第3171種

**Tea Time 1**

# 想戀愛的女人請舉手

作　　者—彭樹君
發 行 人—平鑫濤
出版發行—皇冠文化出版有限公司
台北市敦化北路120巷50號
電話◎2716-8888
郵撥帳號◎1526151~6號
香港星馬—皇冠出版社（香港）有限公司
總 代 理　香港灣仔告士打道80號16樓
電話◎2529-1778　傳真◎2527-0904
出版統籌—盧春旭
編務統籌—金文蕙
編　　輯—高嘉婕
校　　對—彭樹君・高嘉婕・潘怡中
美術設計—李顯寧
印　　務—張芸嘉・林佳燕
行銷企劃—王慧玲
著作完成日期—2002年
初版一刷日期—2002年3月1日

法律顧問—蕭雄淋律師、王惠光律師

讀者服務傳真專線◎02-27150507
皇冠文化集團網址◎http://www.crown.com.tw
電腦編號◎421001
國際書碼◎ISBN 957-33-1856-3
Printed in Taiwan
本書定價◎新台幣200元 / 港幣67元